# 睡　蓮

早坂 類

# 目次

# はじまりの声

「解体屋です」

表から野太い光のような声がした。

縁側に仁王立ちし、春にしては遠くまで澄みきっている空を長いあいだ見上げていた真澄は、その一瞬、大空から透明で巨大なハンマーが振りおろされるのを視た気がした。

若く大柄な男は、壊れた柵を割るようにして入って来ると、花のとうに終わった杏の木を見上げた。

「ずいぶん大きな木だなぁ。僕、斉木さんに言われて来ました。聞いていますか？」

真澄は不安定にゆらぐ濡れ縁を素足で踏みながらたずねた。

「はい。その木も切るの？」

「切るでしょう」男は木を見上げながら曖昧なふうに言った。

「家は、大きなハンマーかなにかで壊すのかしら？」

「ははは」

男が柔らかく朗らかな声で笑った。

「壊すのにもずいぶんお金がかかるんでしょう？　大家さんも大変ね」

笑われながら真澄はそう言い足した。

「ここで、そうだなあ、七十万くらいでしょう」

明解な答えはそれが何であっても真澄を幸福にする。

「あらそんなもの？　二十年も住んだのに」

まだ若い解体屋は、住んだ年数と解体費は無関係だと答えようとし、それからなんと答えれば良いのかわからなくなって真澄を見た。

*

真澄が二十代の終わりに結婚をし、それ以降ながくぼんやりと住み続けたこの小さな家は、三十年ほど前に開発された新興住宅地の一角にある。

あたり一帯の家の寿命と共に当初の住人の寿命も徐々に尽きつつあり、どういう事情でか当時まだ十分に新しかったこの家を貸し出したオーナーもつい先年、代替わりした。

朽ちかけた親の家はそのままに、若いオーナーは都心の真新しいマンションで暮らしているという。

二か月前、雨漏りがはじまり、真澄が屋根の修理を頼むと、断られた。

やがて不動産屋があらわれ、格安の物件を次々と真澄に紹介しはじめた。

ここを更地にして売るのだと言う。

真澄は諦め、すんなりと承諾した。


解体屋が仕事をすすめている間、真澄は男の一挙手一投足を濡れ縁にしゃがみこんでみつめつづけた。

真澄は何かが終わりつつある時間が好きだ。

始まりのときに其処にある緊張感や、やがて失われてゆくはずの時間のその豊かさがかえって煩わしいのかもしれない。

あるいは学生時代、始まりを報せるチャイムが爆音のように聞こえた、あのどうでも良いような、けれど本人には切実だった体験からきているのかもしれない。

そう、始まりと言って具体的に思いつく光景は、あの朝の教室のドアだと、真澄は春の濡れ縁に背を丸め、膝を抱える。

遠い遠い記憶の奥の教室のドアの前で、固く凍りついている少女がいる。

恐くて中へ入れないのだ。

皆にとっては何でもない物音、同じ場所に長時間すわっていなければならないこと、教師の口から時折飛び出す叱咤、選択の余地のない授業、そんな些細なことに自分が十分に耐えられないという、本人にとっても不本意な事実を、無神経な教師によってあからさまに指摘され、皆の前に曝されてしまうという馬鹿馬鹿しい不幸。

何故自分だけがまるで砂漠の真ん中で遭難しているようなのかと思い続けるうち、可哀想にあの少女の髪は、ストレスで薄く抜け落ちてしまったのだった。

そう、あれはなんと滑稽なことだったろう。

あの少女はなんと馬鹿な子だったろうか。

あんな思いまでして行かなくてはならない場所など、この世の何処にもありはしないのに。

そんな前世のことのように遠い記憶を思いがけず手繰りなおしている真澄の目の中で、古く小さな家は解体屋によってくまなく計りつくされていった。

やがて、すっかり仕事を終えると、青年は巻き尺を巻き戻しながらよく通る声で言った。

「全部終わりました。どうもお邪魔しました」

真澄はその声ののびやかさにせいせいしながら応えた。

「ご苦労さま。お邪魔じゃなかったわ。またいつでも、いらしていいわ」

彼女の言葉に苦笑いを浮かべながらも解体屋は礼儀正しくおじぎをした。

玄関のほうで車のエンジン音がし、その音が遠ざかってゆく。

その消えてゆく音を聞きながら、真澄は自分の手がどこか遠いところへ向けてすっと差し出されるのを見た。

何故そうしたのだろうか。

手を振りたかったのだろうか？

真澄は自分の手を一瞬持て余し、春の陽にかざした。

もう若いとは言えない小さな手が陽の中にあった。

薬指にわずかに食い込んでいる古い指輪はすっかり光沢を無くし、淡い春の光を穏やかに吸いこんでいるようにも見えた。

*

その夕方、風が出た。

真澄は小さな白い箱を抱え、強い風の中を近くの公園へむかってゆっくりと歩いてゆく。

公園はいつものように恋人や家族連れでにぎわっており、スワンボートの浮かぶ大きな池の奥には、水性植物に囲まれた小さく静かな池がある。

その小さな池には毎夏、真白い睡蓮が咲くのだが、今はまだ、無い。

真澄は池にたどりつくと箱を耳もとで軽くカランと振り、縁石に膝をつきながら指先で押す様にして水に放った。

箱はしばらく傾きながら浮いていたが、やがてあぶくを吐いて見えなくなった。

「ここにゴミを捨ててはだめですよ」

背中越しに見知らぬ青年が、細くかん高い声でとがめた。

振り向くと胸に大きな双眼鏡をぶら下げている。

時折どこからか団体でやって来るバードウォッチャーのひとりらしい。

「ゴミではないの、子猫なの」

真澄が言うと青年が面喰らって絶句した。

「大丈夫。ナマではなくて、骨だから」

絶句したままの青年の顔をやわらかく見返しながら、真澄は立ち上がった。

「大丈夫よ、もう、ずいぶん古い骨だから」

そう言い足すと、真澄は何か言いたげな青年からそっと離れた。

見上げると、雲の吹き払われた中天は紺に、地に近い空は橙に染まりはじめており、風にはためきすぎるスカートの裾を押さえながら真澄は、その二層の夕空をしばらく見ていた。


ここからどのくらいあるだろう？

千キロ、そんなところか。

風の強い日にはいつも故郷の荒れた砂浜をぼんやりと思い出す。

けれどいま、実際に帰る場所として、古い風景を思い浮かべている。

いや、帰れるとは思わない。

もうあそこには誰も居ないのだから。

真澄は溜め息をつく。


家に戻るとテレビをつけた。

砂漠の中の廃虚が画面いっぱいに写し出され、つづいて何かに抗議して自裁した男の顔が写し出された。

世界はいつも真澄とは遠いところで動いている。

反射的に音量を落としかけた時、何かの為に死ぬのは永遠に生きようとすることと同じですねと、若いコメンテーターが神経質に目をぱちぱちさせながら言うのが聞こえた。

真澄はそんなふうに不安げに何かを言う人の声を聞き届けると音だけを消し、日の暮れてゆく部屋でマニキュアを入念に塗り直した。

トデチ

翌日、相変わらず強い風が吹き続け、空には強い青が広がった。

真澄の家からは遠く離れた都心の公園の片隅。

まばらに並ぶ青や緑のテントの入り口から軽く中を覗き、声をかけてまわっている青年がいる。

「斉藤さん、身体はどう?」

「ぜんぜん駄目」

小さな青いテントで寝ていた眼鏡の男は答えるのもだるいという風に寝返った。

「今晩、炊き出しがありますから来て下さい。いつもの場所です。地図はここに印刷してありますから」

青年がチラシを差し出す。

「知ってるよ」

男はチラシを断ると再び眠りかけ、ふと思い出したように言った。

「それよりさ、清水さんの出産をテレビが撮りに来るらしいよ」

「え？　なんでテレビが知ってるんですか？」

青年が驚いてたずねる。

「菊地が呼んだんだって」

「あれ、またなの。菊地さん、まいったなあ」

「みかちゃん、謝礼もらえるって嬉しがってたよ」

眼鏡の男が困った風に言う。

「そう。本人がいいんならいいんだけど。菊地さんて、最近、仕事やってる？」

「さあ、俺が知ってるわけないよ。でも、ここんとこ身ぎれいだ」

そこへ大男が割って入る。

「俺さぁ、明日、トイレの裏で腐ってぱんぱんに膨らんでるかもしれないから、そんときはよろしく」

「何言ってるんですかヤマダさん」

青年がすかさずチラシを渡す。

「また猫がトイレの裏んとこで死んでたんだ」

ヤマダがチラシを受け取った手でヒラヒラと公衆トイレを指差す。

「なんですか、それ」

「どっかのガキがやったんだよ」

斉藤が答える。

「保健所に言っておきます。ヤマダさんもごはん、食べに来て下さいよ」

「ここまで出前してよぅ」

ヤマダが甘えた様に言う。

「三百人も来るんだから、来て手伝ってくださいよ」

青年がヤマダの肩をポンとたたいた。

「うん、じゃあ、あとで一緒に行くか」

ヤマダがしぶしぶ頷いた。

「今日のメニューはカレーです、待ってますよ」

青年が朗らかに手を振る。

その会話を少し離れたベンチで聞いていたひとりの痩せた若者が、あらぬ方向を見つめながら体をゆっくりと揺らしはじめる。

始めはなにかひとしきり低くぶつぶつつぶやいていたのだが、やがておもむろに歌をうたいはじめた。

その声質は柔らかく声量もあったが、出鱈目であった。

噴水を挟んだ反対側のベンチで昼食の弁当を広げていた数人のＯＬたちが、その歌を聴き顔を見合わせてくすくすと笑いはじめる。

「このアホ音痴」

斉藤が彼女らに聞こえるよう、大きな声で言った。

「あれ、みなさん、ぼくの歌を笑ってるんですか？　なんで笑ってるんですか？」

ＯＬたちが沈黙した。

「ああ、恐くないよ、恐くないからね」

斉藤が気怠そうに、とりなすように言う。

そのとき、公園の中央にある噴水が青々と晴れ渡った空へ向け勢いよく立ち上がり、大きく風にあおられ、彼女たちの髪や肩に降りかかった。

彼女たちは小さく叫びながら水滴を払い、ひろげていた弁当箱を鮮やかな手付きでハンカチに包むと、くすくすと笑いながら走り去った。

「笑うんですか、ぼくの歌はそんなに可笑しいですか」

その、十代のようにも二十代のようにも見える青年が、声高に奇妙な独りごとを言いながら噴水の中にずんずんと入って行く。

「トデチ、風邪ひくよ」

斉藤が年上らしく諫めた。

「いいんです、いいんです、僕の事ならどうぞ気にしないで」

若者は服を一枚一枚脱ぎ、その一枚一枚を噴水の水で乱暴に洗い、最後にトランクスを絞ると、絞り終えたものを丁寧に噴水の淵に並べて干した。

「どうぞみなさん僕を笑ってください、笑ってください、笑いなさい」

やがて吹き上がる噴水をシャワーがわりに、シャンプーで体を洗いはじめた。

幼い子供を抱いた若い母親が公園を通りかかり、全身泡だらけの男がなにかつぶやきながら水を浴びているのに気付くと、噴水を大きく迂回して出て行った。

# 売れるものなどひとつも無い

不動産屋が持って来た物件に、ある日、真澄が頷いた。
梅雨に入る前に雨漏りのする家を出たかったのだ。
早々に荷物をまとめ、そうして今さら身にしみたことがあった。
何もかもみごとに古い。
売れる物などひとつも無い。
なんと良い事か。いっそまとめて捨てて行け。
積み上げたダンボールの山に軽く寄りかかり、足を投げ出して座ると天井を眺めた。
ああ星も無いと思い、そのまま目を閉じた。
ふと隣家の住人が息をひそめてこちらの様子をうかがっている気配を感じた。
それから昨夜のことを思った。
遠慮がちに真澄を玄関先から呼ぶ低い声のことを。
昨夜、聞き慣れた声にいつものように、はい、どうぞ、と、真澄は答えた。

隣家の老人は、七十代半ばの、もの静かな人である。

玄関に入るなり彼は積み上げられた荷物に驚き、引っ越すんですかと、静かに、けれど責めるように言った。

はい、と真澄が答えると、老人は一瞬、思いがけないほど強い目で真澄を見た。

真澄はその目の発する声から身をそらさぬよう立っていた。

他に仕様がない。

老人とのきっかけが何だったかは、もう忘れた。

彼も独り暮らしだし、私も独りだからと、真澄は思う。

無言のままガランとした部屋の真ん中にひと流れの布団を敷くと、いつものように彼を招き入れ、ゆるゆると痩せた身体をさすった。

夜の底での彼との行為は、よく澄んでいるというわけでも、何かしら特別に美しいというわけでもない。

老人の身体からはしんと冷えた、死のような匂いがする。

真澄はその匂いが好きなのだった。

何も悪いことではない。

思えば昼の明るいうちに彼と会った事や交わした会話は数えるほどしか無かった。

隣に住みながら互いの生活の事をほとんど知らず、夜の底では密やかで穏やかな時間が流れつづけた。

ときおり、いっそ彼と暮らすとしたらどんなだろうと思うこともあった。

年の差もあり、それは他人から見れば奇異なことなのかもしれないが、真澄はまるで気にならないのだった。

互いに穏やかな愛情を抱いているのだから、静かな良い暮らしになるのではないだろうか。

けれど三年前に死んだ夫のことを思うと、その思いは消える。

夫への遠慮があるということではない。

結婚して数年が経った頃、夫に年上の女が出来た。

夫がその女を「愛人」と言わず「恋人」と言った、そのことを真澄は奇妙にはっきりと覚えている。

ある日、いつものように会社に出掛けるのを玄関で見送る真澄に、

「申し訳ないが、今夜から僕はここへは帰れない」と言い、深々と頭を下げて出て行った。

その日以来、真澄は夫のいないこの家で淡々と一人で生きてきたのであった。

自分が唐突に放り出された事に驚き、呆然としながら、あのように深々と頭を下げて出て行った夫も、それをさせた年上の女も、なにか天晴れと思えた。指輪ははずさなかった。夫も強くは要求してこなかった。

そのことで、あるいはまたいつか、戻ってくるつもりではないかと、思わされもした。

夫と女は真澄の一方的な要求を受け入れ、生活費は驚く程几帳面に銀行口座に振込まれて来た。

それは真澄にとって十分すぎる額であり、そのことで夫の誠意を感じ続けてもいた。

やがて進行の非常に早い癌に侵された夫が、真澄の知らぬうちに死んだ。

知らされたときには葬儀はすでに済んでおり、女から分骨を希望する旨、わざわざ手紙が届いた。

真澄はそんなことはどうでもよかった。

あんな男の骨などみんなあなたにくれてやると便箋に書きかけ、けれどその女の手紙の非常に美しい文字に免じ、女のしたいようにさせることに決めた。

夫の骨が遺影とともにこの家の片隅に置かれたその日、突然、真澄はそれまで自分の上をぶ厚く覆っていた暗雲が一斉に吹き払われ、青々と晴れ渡ってゆくのを視た。ああこれで役目が終わったと、はじめて呼吸する赤ん坊の様に大きく息をし、安堵した。

自分が負っていたのが一体何の役だったのかはわからない。わからないが、ともかくもう誰にも自分を殺させはしない、そう唐突に思ったのだった。

そうだ、もう誰も私を殺さないのだ、と。

隣家の老人との夜の交流は、夫が死んでのちしばらくしてはじまった。それはささやかな死のような、睡りのような安らぎの時間であった。

しかし真澄には、人と同じ家の中で、目を開き目覚めながら人生を長く過ごすということが、もう、うまく想像出来ないのだった。

夕暮れ、真澄は引っ越し業者に支払う金を銀行の口座から引き出すため、きつい坂をのぼりかけ、立ち止まった。

その坂道の脇に、長く空き地のままになっている区画があり、毎年そうであるように雑草がやわらかく茂りはじめていた。

草の陰で一匹の黒猫がまるで眠っているかのように死んでいるのが見えた。

それは真澄が子供の頃に飼っていた黒猫によく似ていた。

ああと思い、埋めてやろうと空き地に入り、真澄は素手で黒土を掘りはじめた。

土を掘りながら、この坂を上り下りした長い長い年月を思った。

夏は影の濃く落ちている片側を選び、冬は凍りついてしまう片側の日陰を避けながら、この坂を歩いた。

その間、いったい自分は何をしただろう。

夫は家におらず、もちろん子供もつくらず、親しい友人の一人も持たなかった。

仕事には就いた事がない。経済的に働く必要がなかったということもあるが、真澄自身、外へ出て働こうという気がなかった。

外の世界に興味が持てなかったのだ。

真澄は、じっとひきこもるようにして家の中にいた。

これまでの長い長い年月、そうして生きてきた。

凄い事だ。

それは、確実に、力のいる仕事だった。

真澄は自分の目から突然ひとすじの涙が流れたことに驚いた。

自分を見捨てて夫が出て行ったことも、時が経ち慣れてしまえばいわば人生のイベントのようなものであり、何処かで幸福に暮らしているのであろう夫と女の存在も、秘かな張り合いだとさえ、一時期思っていたのではないか。

けれど、やがてそんな事態にもいつしかすっかり飽きてしまい、飽きているという事さえ当たり前になってゆき、心は果てしなく低いところに座り込み、日常的なうっすらとした絶望感から抜け出せないまま、どことはうまく指差しては言えないが、生半可に死んでしまっている自分の身体をずるずるとひきずりながら、この坂を昇り下りしてきたのだった。

夏は影の濃く落ちている片側を選び、冬は凍りついてしまう片側の日陰を避けて。

それは、確実に、力のいる仕事だった。

愛着も興味もほとんど持てない世界を、ただ無為に生きてゆくための力が要ったと思う。

夏の草の下で死んだ黒猫は静かに眠り始めた。

真澄の指先のマニュキアが剥げ、少し血がにじんでいた。

銀行へは寄らずそのまま家に帰ると郵便受けに一通手紙が来ていた。従姉妹からであった。

泥に汚れた手で封を切ると、改装オープンというチラシだけが出て来た。真澄はひどくがっかりした。

がっかりしながら、それをすみずみまで読んだ。

従姉妹が渋谷で若者相手の店をやっていることは知っていた。けれども開店した当初に一度行ったきり、ここしばらくは連絡も取らずに過ごしてきた。

手を洗面所で熱心に洗い、チラシをテーブルに広げ、テレビの中の不断の早口女を眺めながら、いつものように一人分の食事を作り、やがてチラシを捨てようとして再び手に取ったとき、いや、行ってみよう、と、思い立った。このところ、ろくに外出もしていない。

引っ越しのあとはしばらく新しい家の片付けに縛られるだろう。渋谷くらいすぐそこなのだ。行ってみても悪くない、と。

真澄はダンボールにきつく詰め込んであった春物の服の中から、くっきりとした青の、けれど生地そのものは柔らかく適度に風を孕む気に入りのワンピースを引っ張りした。

その、春らしいワンピースを古い木製のハンガーに掛け、カーテンレールに無造作にぶら下げて、寝た。

# 完璧な花

翌日、久しぶりに出た渋谷の奥で、真澄は果てしなく道に迷った。

確かこの奇妙な程くねった路地を入って行くのだったと、曖昧な記憶をたどりたどりしつつ、若者にまじってどこまで歩いても、どこにもたどり着かない。

改装というのだから、場所は変わっていないはずだし、見覚えのある道なのだから、確かにこの路地のはずなのだがと思い思い、彷徨いつづけ、どうしてもみつからない。

同じところを何度も往復し、歩き疲れ、やがて迷路から抜け出せない実験用のハツカネズミになったようで、自分の馬鹿さ加減に溜め息をつくと、青いワンピースの裾をふわりとたくし上げ、細い階段の端に腰を下ろした。

「働くのは嫌いなの」

いつだったか、何処でだったか、真澄が言うと、従姉妹は目を丸くしたのだった。

「生活は大丈夫なの？」

「贅沢さえしなければ、まったく大丈夫なの」

「ずっと家にいるつもり？」

「家にいるわよ」

「退屈でしょう？」

「嫌な仕事をする方がずっと退屈でしょう」

従姉妹には真澄が解らないのだった。

真澄自身にも自分が解らないのだ。当然である。

「真澄さん、贅沢はしていないかもしれないけれど自分を浪費してるわねぇ。そんなことしてると世間知らずのおばあさんになっちゃう」

「世間？　馬鹿馬鹿しい」

そのとき思わず吐き捨てるようにそう言った自分の乱暴さに戸惑った。

実際、世間など、いつだってどうでも良かったのだ。

ただそれらを頭から馬鹿にし、拒む事を自分に許してしまえるほど、自らの人生に自信がなかった。

いつもとりつくろい、逃げ腰で愛想笑いをし、かたくなに自閉し、内心ひどく傷つきながら、自分でもよく解らない不満でいっぱいだった。

けれど今は違うのではないか、これから先は、恐らくもっと違うのではないだろうかと、慣れない渋谷の街を彷徨い、迷い飽きて階段の途中に腰を下ろしたまま、漠然と思う。

何故そう思うのだろう？

十七年、住み続けた家が取り壊されるからだろうか？

そのとき、人ごみからふらりと彷徨い出て来たひとりの若者が、まったく迷いの無い足取りで真澄の方へ歩いて来ると、その汚れた手で真澄の肩を無遠慮にたたいた。

「僕、さっきまで、手足が無くなった夢を見ていたんです！」

若者は突然、抑揚のつきすぎた大きな声でしゃべりはじめた。

真澄は突然肩をたたかれた事に驚き、突然の奇妙な言葉に驚き、呆気にとられて彼の顔を見上げた。

「それで、僕、そこに座っているあなたの手と足がまぶしく輝いて見えて吃驚したんです。僕が夢で無くした手足が、あなたにくっついてしまったのかと思って！」

頭が変なのだろうか？

たぶん、そうだと真澄は思う。

けれどその若者の少し狂った様な面差しと、底など無いような眼差しの明るさは、真澄の目をひいた。

旅先で出会った真新しい風景に立ち止まるように真澄は彼をまじまじと眺めた。

なんだろうこの、両脚の張り切った感じはと、無遠慮に思う。

鍛えたというわけでは無さそうな、けれど若いというだけでよく引き締まったこの脚は。

真澄は急に勢いをつけて立ち上がると、自分の服の裾を片手でパンと払った。

そのまま怒った様に青年から離れ、ほとんど歩いた事のない見知らぬ通り沿いに早足で歩き続け、従姉妹の新しい店を探した。

そしてすっかり疲れ探し飽きると、通りすがりの店で缶入りワインを買い、通りを渡った場所にみつけた公園のベンチに浅く腰をおろした。

〈何故あれを私が産んだのでは無いのだろうか〉と再び思う。

私はあんなものを産みたかったような気がする。

いや、産みたいのじゃ無く、成りたかったのじゃないだろうか。

そう、わたしはずっとああいうものに成りたかったような気がする。

張りつめた脚になりたかった？

なにを考えているのこの女は。

大胆に組んだ膝の上に頬杖をつき、ワイン缶を片手に、噴水が空高く吹き上がるのを眺めながら真澄が笑った。

張り詰めた脚になりたかったですって。

やがてさきほどの青年がよろよろと追いついて来た。

「すみません、すみません。その凄く青い服は僕の目にかないました！」

青年と目が合い、真澄はいっそう笑い始めた。

彼は見事に息を切らして其所に立っていた。

真澄はようやくその無遠慮な若者と何か言葉を交わしてみようという気になり、しかし頭のおかしな若者に語りかけるべき適当な言葉が何処を探してもみつからないので仕方なく名前を尋ねた。

「トデチです」

青年は嬉々として答えた。

「へんな名前ね」

真澄が言うと彼は人なつこく笑った。

「偉い現代詩人の詩集にあるんです『*トデ・チ失踪』っていう詩が。僕、今、失踪中なんです」

彼はそのことに大変自負を抱いているといったふうに応えた。

「そう。詩人って、まだこの世界にいるのねぇ」

真澄が素っ気なく答えると、

「ああ、僕、間違えました、好きな詩人でした。あなたの名前はなんていうのですか？」

たずねられて真澄は一瞬考え、まともな名前を答えるのもつまらないような気がして「睡蓮」と言った。

すると、トデチがすこしのあいだ空を見あげ、やがて片方の掌を肩のあたりで一旦すぼめると、ふわりと前にやわらかく開くようにして一輪の〈花〉を生み出した。

パントマイムまがいのその〈花〉は、真澄がこれまでに見てきた花の中で最も完璧な花となって、彼女の目の高さにあった。

私のテントを立てるけれど、かまわない？


真澄は暫くその〈花〉を眺めていた。

「どうぞ」と、トデチが首を傾げた。

どうやって受け取るべきなのだろう？

青年の手は黒く汚れ、爪は傷んだのか栄養不良でか、全体に白っぽく変色している。

その汚れた手の上に完璧な〈花〉は在るのだった。

真澄がおずおずと手を伸ばし、彼の手に触れた瞬間、何かに強くはじかれた気がして手を引っ込めた。

「あ、痛かったですか？」

トデチがたずねた。

真澄はいいえと首を横に振った。

けれどなにか、痛いものに触れたようでもあった。

「ハロー、どこから来たの」

唐突にトデチが通りすがりの少年たちにむかって叫んだ。

「ハロー、きみたちどこから来たの」

トデチの身体と彼の周囲の空気がよく通る声と共に微かに振動し、声に感応したように公園の中央の噴水がふたたび高くやわらかく立ち上がり、立ち上がった水が風に大きくあおられ水しぶきになった。

その水しぶきの奥に、淡い虹がかかるのを真澄は見た。

噴水と淡い虹の背後には濃い青空があり、空の青は真澄の中になにか拭いようのない強い印象を残した。

真澄がふと我にかえるともう、トデチに呼びかけられた少年達は怯えて走り去ったあとであった。

そのときはじめて、いくつかの小さなテントが真澄の目に入った。

＊

トデチの手から産み出された〈花〉を視た真澄はひとり、公園から一番近いデパートの売り場にいた。

そこで彼女は、公園での生活に必要であろうと思われる物を手当りしだいに買いあつめた。

それら買い集めたものをパウダールームの沈みすぎるソファで、真新しい純白のスーツケースに詰め込むと、一人用のテントをさらにその上に積み重ね、公園へ戻った。

大きな荷物を重そうにひきずりながら戻って来た彼女を、トデチが口を半開きにして出迎え、周囲の住人達はそれぞれのテントの中から物珍し気に眺めた。

真澄は自分をじっと見守っているその公園の住人たちに、はたして挨拶をしてまわるべきか否か少し迷い、まだそんなふうに世間に気を使っている自分をつくづく馬鹿馬鹿しく思った。

「ねえ、あなたのお家の横に私のテントを立てるけれど、かまわない？」

口をぽんやりあけて見ていたトデチに向かって〈睡蓮〉がにこやかにたずねた。

彼女の勢いにやや怖じ気付いたようにではあるが、彼がこくりと頷いたので、彼女は安堵した。

真新しいオレンジ色のテントは、青年トデチのダンボールハウスの横にぴったりと寄り添うように張られた。

やがて日の暮れはじめた頃、デパートの地下で買ってきたサンドイッチと缶コーヒーで、〈睡蓮〉は夕食をとった。

屋外でのはじめての、開放的な食事であった。

彼女はテントの組み立てを手伝ってくれたトデチに差し入れをしたいと思いたち、ダンボールハウスをそっと覗きこむと、彼は腹這いになり、小さなノートに短い鉛筆でなにか書き留めているところであった。

「日記？」

〈睡蓮〉がたずねると、

「いいえ詩です」と、得意そうに答えた。

「あら素敵なのね。これ、手伝ってくれたお礼よ」

彼女が缶入りドロップを差し出すと、トデチはその缶を耳のそばで大げさに振り、大口をあけてげらげら笑った。

その夜〈睡蓮〉は、自分の小さなテントの中に敷き詰めた毛布の上に着替えもしないまま横たわると、ようやく自分の行いの不可解さに溜め息をついた。

深く長い溜め息であったので、夜の闇と土の匂いと排気ガスの臭い、真新しいテントの臭いがないまぜになり、肺の中に充満した。

彼女は羊を数えながら、隣家のあの老人の薄い気配と埃っぽい死の匂いを、遠い夢のように思い出した。

それから夫の若い頃の顔をふと思い出した。

長い時間が経った。

隣のダンボールハウスに身体を横たえ、この奇妙な新参者のことをじっと考えている若者の、やや重い気配を感じながら、やがて〈睡蓮〉は柔らかな眠りに落ちた。

# はじまりの朝

翌朝ひどく遅く、トデチのくちずさむ調子はずれのラデツキー行進曲で睡蓮は目覚めた。

「おはよう」

睡蓮が言った。

「オハヨウゴザイマス」

春の空へ向けて歌っていたトデチがふと歌をやめ、睡蓮の身を案じるようにやや神妙な顔で答えた。

睡蓮はその朝、真新しいスイス製のアーミーナイフでオレンジを切り、携帯コンロで湯を沸かした。

都会の汚れた空気の中ではあったが、春空の下、真裸な気持ちで料理をするのは睡蓮にとって新鮮な行為であった。

公園には中央の噴水を囲み、六つの小さな家があった。

正確には五張りのテントと、トデチの崩れかけた段ボールハウスである。

皆、朝の早いうちにどこかへ出掛けたのかしんと静まり返っている。

それぞれのテント脇に置かれた生活用具を見渡しながら睡蓮は、北京からの引揚者であった祖母の顔をふと思い出した。

戦後、彼女は七人の子供を一人も失う事無く内地へ連れ戻って来た。

祖母によれば十才に満たない子供はたいてい栄養失調になり、引揚げの途中で死に、死者たちは個別にでは無くまとめて道の端で焼かれたと言う。

けれど彼女の子供達は、さほど健康も損ねずに日本に戻って来た。

日本の港に船が着いた時、やわらかな山々に点々と生っていたオレンジ色の果物が何と神々しく見えたことかと懐かし気に話す、ふっくらとした祖母の横顔は生気にあふれていた。

もう何年も祖母の顔など思い出すこともなかったのにと、睡蓮は思う。

当時の苦労がどんなものであったのか睡蓮には知り様も無いが、もともと苦労なくのんびりと育ったはずの祖母のあのたくましさは自分の内にも眠っているだろうかと思いながら、黙々とオレンジを剥く。

トデチが睡蓮の脇にぴたりと身を寄せて座り、彼女の使う真新しいナイフを黙って見ていた。

それは漠然と焦点の定まらない目であり、穏やかな目でもあった。

しかし昨日の底の抜けた明るいまなざしとはかけ離れた、やや凡庸な目でもあった。

睡蓮はその何かに厚く覆われたようなトデチの顔と手を、ふと濡れタオルでぬぐいたくなった。

彼は素直に顔を拭かれながら赤ん坊のように顔をしかめ、やがてさっぱりすると笑みをたたえたて睡蓮を見た。

それからまたふたたび焦点の合わない目で睡蓮の手元に見入った。

鏡のくもりを拭うように彼女はトデチの顔をもう一度拭おうとした。

するとトデチはふわりと立ち上がり、噴水の方へ逃げて行ってしまった。

彼女は仕方なく自分の手を拭った。


「ノノノ、野うさぎの心臓！」

トデチがはるか向こうで突然、痙攣するように叫んだ。

睡蓮は呆気にとられ、それは今から焼こうとしている肉の事かと思いトデチを見ると、彼はむこうから睡蓮の反応を伺っているようでもあった。

ああ、この青年の発作にまともな応答をしても無駄なのだと思い直すと、なるべく彼の気に入りそうな言葉を選び応えた。

「野兎の、壊れたお家！」

トデチが嬉しそうに駆け寄り、睡蓮を見つめながら続けた。

「ノーミソに太陽！」

睡蓮がまた少し考え、静かに質問した。

「あなたのお家は何処なの？」

トデチが跳ねて叫んだ。

「太陽の家は水の中。水の中で太陽は燃え上がる！」

湯がコンロの上で沸点に達していた。

「沸騰する太陽、沸騰する水の中のビーム！」

トデチが叫びながらいっそう高く飛び跳ね、そしてさらに向こうへ行ってしまった。

睡蓮は彼を見送りながら軽く溜め息をついた。

# 誕生前夜

そのようにしてしばらく過ごすうち、睡蓮は公園の住人たちが自分から話しかけて来ないことに、ましてや自ら名乗る事はないということに気付いた。

名前を尋ねると、マツモトやサイトウ、ヤマダなど、よくある無難な姓をそっけなく名乗る。

そしてみな揃って携帯電話を持っており、それを常に離さない。

携帯は彼らが日雇い仕事を受けるための唯一の連絡手段なのだ。

ボランティアたちが充電の手伝いをしているらしい。

仕事にあぶれている者は重めのハンディを背負っている。極度の近視、発作性の持病、コミュニケーションの取り難さ。

噴水の脇のベンチでいつも昼寝をしている丸メガネの斉藤は、コンビニの店主に頼み込み、早朝、店の前の掃除をする事とひきかえに、賞味期限切れ直前の食料を幾つも貰ってくると言う。

トデチは彼の持って来る弁当を毎日心待ちにしているようであった。

「はい、僕みたいな人は、一応やる気がありますからね。一時的にはここにいても、すぐにいなくなりますよ。なんとかなっていくんです」

斉藤は自分の事をそんなふうにまるで他人事のように言う。

「まぁ、ひどいのもいます。福祉の窓口に行けば乾パンと着るものくらいいつでも貰えるのは誰でも知っているかと言うとそうでもないんだ。なんにも知らないでただ一日中歩いてる奴も多い。そういう奴はぎりぎりの状態になっても何とかして下さいって言わないんだ。僕なんか、もらえるものは何でももらうし、何でも頼み込んじゃうけどね。頼み込んだって仕事ないんですから。ただ歩いてたってなんにも落ちてない。靴と腹が減るだけだ」

「そうなの。ただ歩いていると、靴とお腹が減るのね？」

睡蓮は鸚鵡返しにそう言いながら、ただ歩くだけの彼らはきっと、何処までも歩いて行ってこの世から出て行ってしまいたいのだろう、そうやって歩きつづけているうちに、自分でも知らない間に自分自身の中から出て行ってしまうのだろうと思った。けれどそれは何かに負けて出て行くということではないのだろう。

なぜなら彼らにとって微かにでも意味のある世界の方へと、ひたすらに歩きつづけているのだから。

辿り着くべき場所など、はなから無いにしても。

それはまた睡蓮自身の心境でもあった。


そのとき、珍しくつかつかと自ら睡蓮の傍へ寄って来て、

「あんた、これ、買わはらへん？」

と言ったのは、瓶底眼鏡と言い表わすのがふさわしい分厚いレンズの眼鏡をかけた男で、差し出したのは緑の硝子玉のブレスレットである。

「昔の彼女の形見なんやけど、よかったら、あんたにしてほしいな」

「昔の恋人の形見？　そんな大事なものを売ってしまうの？」

「ええの、あんたなら、ええの」

睡蓮は迷って黙った。

「三百円でええよ」

「こら、マツモト」

斉藤が叱るように言った。

「睡蓮さん、そんなの買うと癖になるから駄目だよ。どっかのゴミ箱で拾ったんだ。買うとまた、なんだかんだ売りつけに来る」

「そう?」

睡蓮が男の顔を覗き込むと見ると、ブレスレットはあっさりとポケットにしまわれた。

「清水さんに買うてもらお」

マツモトと呼ばれた男はひとかけらの未練も残さずくるりと踵を返した。

# 突然の再会

ある夕方、ボランティアの一行がようやく睡蓮の新しいテントに気づいた。

「新しい方ですね」と、睡蓮に話し掛けたのは、皆にユーさんと呼ばれているフランスからの留学生ボランティアであった。

「はい、ここでは新しいの」

金髪の青年に向け、睡蓮はにこりと笑った。

「睡蓮は新しくて奇麗です」

横からトデチが几帳面な口調で言い、応えてユーさんが笑った。

「お世辞もちゃんと言えるのね」

彼女がトデチを誉めたその時、ユーさんの肩ごしに別の大きな手が伸び、炊き出しの場所の印刷されているチラシが差し出された。

それを受け取った睡蓮が、手の先にある顔を何気なく見上げた瞬間、相手の目が大きく見開いた。

睡蓮は、何処かで見た覚えのあるその目に暫く見入った。

目を大きく見開いた青年が睡蓮の前にしゃがみこみ、低い声で早口に囁いた。

「杏の木の家の方じゃないですか？」

それは、あの日、家を測りに来た解体屋であった。

睡蓮は絶句して青年の顔を見た。

「どうしたんですか？」

暫くの沈黙の後、睡蓮がようやく言った。

「……なんだかここが気に入っちゃって、ちょっとだけお邪魔しているの。それだけよ」

睡蓮はなるべくさらりと言いながらもバツが悪く、うつむいた。

何と説明すれば良いのか？

トデチが見せてくれたあの〈花〉が完璧だったからとでも？

「ちょっとって、どのくらいですか？」

「今日で五日目よ」

「これからずっとここにいらっしゃるおつもりですか？」

「それは、わからない」

「寒い時期には凍死する仲間もいるんですよ……」

「そうですか」

睡蓮の目が急に突き放すように青年を見た。

その目を見て、青年の目も僅かに色を変えた。

「そうですか。あなたは感心なのね、お仕事をしながらボランティアもしているの？

あの家はいつ壊すの？」

睡蓮が低く強い口調でたずねた。

「来月のはずです。荷物はそのままなんですか？」

解体屋が真っ直ぐな眼差しで言い、睡蓮はそのあまりに正しい善意に溢れた顔を見ながら不意に目眩に襲われた。

「そう。あのね、どうでもいいの。もうみんな古いのよ」

彼女がそう言うと、青年はしばらく沈黙してうつむき、やがて納得したように睡蓮を見た。

「僕としては困っちゃうんですけど、それなら……」

「いいえ。あなたが困る事じゃ無いの。私が困ればそれで充分なのよ」

睡蓮の強い口調に解体屋はたじろぎ、頭を下げた。

「ああ、ごめんなさい。ただ、僕が勝手に吃驚したんです。ごめんなさい」

ごめんなさいを繰り返す若者を、睡蓮はみつめた。

自分がどうしようもなく厭な人間になってしまったような気がしてやりきれなくなった。

「あのね、そう、私ね、何だかここでとっても良いものをみつけたのよ。でもまだそのことを人にうまく説明できないの。ただ、暫くここにいると思います。吃驚させてごめんなさい」

睡蓮の言葉を聞いて若者が苦しそうに微笑した。

それを見て睡蓮が黙った。

「もう御存知かもしれないですが、ここの生活のことを少しだけ言わせて下さい」

「だいたいの事は彼に教えてもらったわ」

睡蓮が隣のダンボールハウスを指差すと、話しにすっかり興味を無くしたトデチは何処かへ消えてしまっていた。

斉藤も気を利かしたのかどこにも姿が見えない。

「ごめんなさい、これは僕の役目なんです。どうぞ聞いて下さい」

解体屋は早口に続けた。

「シャワーは区役所の福祉課に行けば使わせてくれます。夕方の五時までです。防寒具や下着や乾パンなんかも福祉課の窓口で言えばもらえますから困ったときは遠慮や我慢はしないで堂々ともらって下さいね。それから毎週土曜の夜、このチラシに書いてある場所で、僕達がやっている炊き出しがあります。メニューは、カレーとかうどんとか簡単なものですけど来て下さい。僕も毎週行っていますから。それから、隔週の水曜日に、僕達の仲間の医師が一緒に回っていますから、具合が悪いときもちゃんと言って下さいよ。簡単な風邪薬くらいなら出せますし、病院にもかかれるように手配しますから。ええっと、あとは」

睡蓮は上の空で青年の清潔な顔を見ていた。

ああここはまだ世間の端っこなのだと思い知りながら。

何故ここにいるのか自分でも本当のところがわからない。

ただわかるのは、十分とは言えないが貯えはまだあるのでカフェにも以前と同じように自由に行けるということ。コインランドリーも使えるし、ゆっくりとシャワーを浴びたい時やくつろぎたい時はホテルにでも行くつもりでいたし、レストランで食事もできるということ。

ただ、夜、眠る場所が公園のテントだというだけだ。

それだけのことなのにと、思う。

この生活が永遠に続くわけでは無いことくらいは彼女にもわかっている。いずれ、ここを出て自分の居るべき場所へ戻るつもりではいるのだ。そう、いずれ、居るべき場所へ戻るのだと、睡蓮は思う。

「あ、それから」

解体屋が睡蓮を遠くから呼び戻すように言った。

「今、そこのテントに妊婦さんがいるんですが、実は出産が間近なんです」

「はい。清水さんね」

「ご存知ですか」

「まだお話しした事は無いの。病院には行かないの？　入れないのかしら？」

睡蓮がすんなり話しを続けてくれた事に解体屋は安堵した。

「入れない事もないんですが。何て言ったらいいのか……、ここで生活している事がわかってしまうと、生まれた後にお母さんと赤ちゃんが強引に引き離されてしまう事があるのです。それで彼女はここで産みたいそうです。僕達はただ彼女の希望が叶うよう、お手伝いをするだけです。でも、ここには女性の手がなくて……。仲間の医者が予定日あたりにこの公園を巡回することになっているんですけど、もしも陣痛が早めに来てしまったりしたら僕達でなんとかしなくちゃならないのです。それですみませんが、そのときはお手伝いしていただけませんか？」

睡蓮は戸惑いながら頷いた。

「なんだか贅沢な希望ね。いいわ、私でよければ」

「ああ良かった。別の公園に助産婦の経験のあるお婆ちゃんがいたんだけど、少し前にふらっと何処かへ消えちゃって……。いきなりのお願いでほんとうにすみませんが、緊急のときは是非よろしくお願いします。じゃあ身体に気をつけていてください。また来ますから」

立ち去ろうとする解体屋に、睡蓮は、ふと思い立って言った。

「あなた、私のこと、警察なんかに言わないわね？」

解体屋が驚いて振り向き、仕方無さそうに笑った。

「そんなことしたって、誰のためにもなりませんから」

トデチがいつのまにか噴水の淵に腰掛け、水を手でかきまぜながら歌を歌っていた。

「ねぇ、私は産んだことなんてないのよ」

睡蓮のつぶやきは彼の無茶苦茶な歌にかき消された。

翌日、睡蓮のテントを無遠慮に覗きこみ、興奮気味に話しかけてきたのは、ブレスレットを売りつけそこなって以来、睡蓮にしきりに話しかけに来るようになった瓶底眼鏡のマツモトであった。

「睡蓮さん、今日な、テレビ局の取材の人が清水さんとこに来るんやて！　あんたもついでにテレビに映るかもしれんからな、もしテレビに映ってもまずいことないんやったら、よう化粧しときや！」

その勢いに睡蓮が笑った。

「そう。わかったわ。綺麗にしとくわ」

マツモトが甲高い声でたたみかけるように言う。

「菊地さんがな、世話したんや、清水さん夫婦な、テレビ局から五万円ももらえるんや。菊地さん、ええ人やろ、睡蓮さんも菊池さんによう挨拶しとき」

軽く頷きながら、今、テレビ画面で自分の姿を見かけて驚くのは従姉妹くらいだと睡蓮は思う。

そのときマツモトの声を聞きつけた斉藤が、首を横に振りながら睡蓮に近づき、ぶっきらぼうに言った。

「菊地はトラブルメーカーだから挨拶はしないほうがいい」

斉藤によると、ボランティア達の先導する抗議デモなど、ネタをみつけてはテレビ局の取材をわざわざとりつけてくるのが菊池であるという。

しかし睡蓮にとってそんなことはどうでも良い遠いお話しである。

「清水さん、もう、産まれるのかしら？」

マツモトに訊くと、

「さぁ、どうなんかなぁ」

彼は重そうな瓶底眼鏡を中指で持ち上げながら答え、さぁどうなんかなぁ、さぁどうなんかなぁ、と、ここ数日のうちにますますひしゃげてきたダンボールハウスの中でトデチが馬鹿にした様につぶやいた。

「トデチ、お腹が空いたでしょう？　にぎやかになる前にごはんを食べに行きましょうか。ごちそうするわよ」

睡蓮がひしゃげたダンボールハウスに向かって言うと、トデチが這い出して来た。

「コンビニ？」

「コンビニのお弁当は飽きちゃったでしょう?」

「ロロロロロ、ロイホ!」

巻舌でトデチが叫んだ。

「オーケー」

睡蓮が立ち上がった。

「はよ戻りや」

マッモトが幾分やっかみ加減に言うのを背後に聞きながら、睡蓮とトデチは公園を脱出した。

渋谷の裏道をのんびりと歩き始めた睡蓮のあとを、ロロロロロ、ロロロロロ、と、舌を鳴らしながらトデチがつづく。彼のスニーカーは踵を踏みつぶしすでにぼろぼろであり、膝の破れたジーンズから痩せて尖った膝がのぞいている。年中身に付けているらしい銀のネックレスは酸化して黒ずみ、細い首にぴったり巻きついている。首から長い紐でぶら下げたボールペンはそろそろインクがなくなりかけており、昨日、噴水で洗濯したばかりのTシャツの胸には油性マジックで太く「たばこ屋」と書いてあるのだが、何故たばこ屋なのかということはトデチにとってどうでも良いことらしかった。

「睡蓮、あのね、僕ね」

彼は睡蓮の視野に自分が確実に入っている事を確認してからしゃべる癖がある。

「僕、結婚するの？」

睡蓮はふとそう言ってみた途端、彼とならば結婚しても良いような気がして楽しくなった。

それは普通の結婚では無い、あの、いつかの幻の花のような結婚なのだ。そんなことを気楽に無責任に思う。

「誰と？」

「私とよ」

「わぉ！」

トデチが嬉しそうに笑った。

「なあに？　僕、何？」

「ああ、僕ね、ユーさんの目がすごく綺麗だと思うんだ」

「ユーさんて、ボランティアの外人さん？」

「そう！　僕、はじめてユーさんの青い目を見たときすごくびっくりしたなぁ。なんでユーさんの目だけが僕たちと違って、あんなに透明で綺麗なんだろうって」

いつになくトデチが筋の通った言葉でしゃべるのを、睡蓮は不思議な想いで聞いている。

トデチが続ける。

「よく外国の古い詩にあるでしょ、君のブルーの目はなんて素敵なんだっていうくだらないのがさ。でも、僕、ユーさんの目を見たときにわかったんだ。あれだけ糞くだらなくなるのはそりゃもう、その目がほんとに綺麗だからだって。ユーさんは男だから僕とは結婚できないんだけど、僕はあのブルーの目玉と結婚したいくらいだ」

「トデチは何にでも感動するのね。馬鹿みたい」

睡蓮は足元に転がっていたコーラの缶を軽く蹴った。

それはゆるい坂道を少し転がった。

「馬鹿みたい？　そうかなあ。ああ、睡蓮はユーさんの目に嫉妬してるんだ」

睡蓮は驚いてトデチを見た。

「何故？」

「だって僕は馬鹿じゃないし、睡蓮は僕と結婚したがってるから」

睡蓮が少し笑った。

トデチは骨ばった体をあちこち奇妙に動かしながら睡蓮の傍らを歩きつづける。

街をゆく人々の目に、ふたりの姿は見えていないようだ。

誰もがふたりを目にも留めない。

「花」

と、睡蓮がいつかのトデチの手ぶりを真似ながらつぶやいた。

「花」

と、トデチがにこやかに続けた。

ふたりは幻の花をあちこちに撒き散らしながら行進した。

睡蓮は片手に持った古い布製のバッグを見えない花でいっぱいにし、トデチは何も持たない両腕から次々に見えない花を産み出しながら。

彼女はこの裏通りの行進が永遠に終わらなければ良いのにと思う。

ただ歩き続けて何かの境を不意に越え、どこか美しい場所へ出て行けたらどんなにか良いだろう。

しかしそれが一体何処なのか、睡蓮にはわからない。

そしてついにふたりの前にロイヤルホストはあらわれなかった。

ふたりは人気のない小さな店へたどりつき、各々適当なものを注文した。

睡蓮はほおづえをつき、今、この目の前にいる何を考えているのかよくわからない、けれど食べるためによく動く口と奇妙な詩をつぶやくためのよく動く口を持っている若者の所作を、つくづくと眺める。

どんな生い立ちで、何故あんなダンボールの家に住んでいるのか。

正気なのかそうでないのか。

けれどほんとうのところ、彼女はそんなことに真剣に興味を抱いているわけでは無いのだ。

ただ、あの日に出会った完璧な〈花〉にひかれて、今ここにいるのだから。

しばらくすると街全体をうすく柔らかく覆う紗のような雨が降って来た。

睡蓮はほおづえをついたままその細い雨を店の硝子ごしに眺めた。

春の暖かな雨は街にしばらく降り続き、傘を持たないふたりが雨が止むのを待ち続けるあいだ、トデチが紙ナプキンに、小学生のようなぎこちない手つきと文字で詩を書いた。

千本のラッパ

凶暴な犬が大地の底から逃げ出していって、

幼稚な声で吠えたてています。
そいつを神様があわててあたふた退治しに行った。
けどボクは退治になんか行かないのだ。
僕らには愛も体毛もあるんだから。
OK?
千本のちがうラッパを同時に吹くことが僕の夢なんです、神様。

トデチ

# 雨の後には虹が

止まない小雨に濡れながら睡蓮とトデチが公園に戻ると、周囲にあわただしい雰囲気が漂っていた。

「睡蓮さん、遅いよ、清水さんの赤ちゃん生まれちゃうよ」

瓶底眼鏡のマッモトが興奮して綺麗な標準語のイントネーションで叫んだ。

「あら、マッモトさんが関西弁じゃなくなった」

テントの中で濡れた髪を拭きながら睡蓮が笑った。

「睡蓮、彼は新潟生まれの東京育ちなんだ。フェイク！」

トデチがげげたげたと笑う。

「あら、よく知ってるのね」

「みんな嘘つきだ」

トデチが急に無表情になって応えた。

睡蓮は一瞬、別の人を見たような気がしてトデチの顔を見た。

公園の隅には取材のための機材らしきものが雨よけの青いシートに覆われて置かれ

ていた。

その周囲にボランティアの若者が数人おり、解体屋もおり、ユーさんもいる。

「お医者さんはちゃんと来ているのかしら？」

トデチに言った言葉にマツモトが答えた。

「来てはる。今な、清水さんの奥さん、うーんって、いきんではる」

「聞こえるの？」

「聞こえる」

「清水さんの旦那さんは？」

「仕事なんやー。あかんなー、こんな大事なときに」

「そう。彼女、痛いんでしょうねぇ」

「そりゃ痛いさあ。ありゃ睡蓮さんは産んだことないんかいな？」

「産んだことないわ」

「へーえ。そんなら俺の子、産んでくれへん？　あんた、いま幾つや？　いや、睡蓮さんけっこういっとるなあ」

マツモトの瓶底眼鏡が面白そうに睡蓮の顔をのぞきこんだ。

「うん。ちょっともうあんた無理やな。痛すぎやな」

マツモトが不揃いの歯を出して笑った。

噴水の周囲を今日はたくさんの見知らぬ顔が歩いている。

雨は噴水の面にもやわらかく降り続き、睡蓮はテントの中からぼんやりとあちらを眺め、トデチは段ボールに籠ってしまった。

やがて清水夫婦のテントから赤ん坊の泣き声がけたたましく上がり、心配気にテントをとり囲んでいたボランティアたちの間から一斉に拍手が湧いた。

「女の子やて、女の子！」

マツモトがとびはねるようにしてふれてまわった。

公園の片隅にいのちがひとつ誕生し、皆の心も浮き足立つ。

むこうから雨に濡れた解体屋がやって来ると、睡蓮の手を煩わせる事が無くて良かったと、それだけを告げて帰っていった。

その背中がどこかしら憂鬱そうに見えたことが睡蓮のかすかな気がかりになった。

「トデチ、寒くないの？」

トデチはいまにもひしゃげそうになっているダンボールハウスの中で何か一心に書き留めていたが、顔を上げて言った。

「大丈夫。雨の後には虹が出るって母さんが言ってた」

それを聞いて睡蓮が少し笑った。

それから数日のあいだ、放送機材を抱えた男達が清水夫婦のテント周辺を歩き回り、それを遠巻きに眺める通りすがりの人々で公園は賑やかであった。

あたたかな日向で若い母親がたっぷりと張った心臓側の乳房を子供の口に含ませ、遠い時代の懐かしい子守唄を歌うのを、睡蓮は少し離れた場所から眺めて過ごした。

この排気ガスまみれの街の中、若い母親の乳房からまぎれもなく溢れ出るものがある事が、睡蓮にはなにか奇異にも思えた。

「トデチのお母さんも、あんなふうに君を抱いたのかしらねぇ」

睡蓮がぼんやりとそう言うと、トデチはすこし戸惑い、立ったまま片足の膝から下をぶらぶらさせた。

数日後、滅多に周囲の住人と会話を交わさない清水夫婦が、赤飯を炊き、公園の住人に配って歩いた。

父親が七輪と鍋を器用に使い、母親の手で丁寧に握られた赤い握り飯には胡麻がまぜられてあった。

睡蓮は若い夫婦からうやうやしく両手で赤飯を受け取った。

母親に抱かれた生まれたての生命の塊は、まだ母体から完全に切り離されていないかのように豊かな胸の肉に埋もれ、小さな手を固く握りしめていた。

睡蓮はどこか苦悶しているようにも見える顔つきの赤ん坊に微笑みかけながら礼を言い、口に運ぼうとして、それをどうしてか食べる事が出来なかった。

やがてトデチが睡蓮のテントにもぐりこんで来るとまだ手のつけられていないそれをみつけ、何故食べないのかとたずねるので、睡蓮は黙ったままそれをトデチの口に突っ込んだ。

トデチは自分の手を使わず、睡蓮の指についた最後のひとつぶまで嬉しそうに睡蓮の手から食べつくした。

食べつくしたあともいつまでも睡蓮の指を舌で舐めまわした。

# ある予兆

その日、ベンチで寝ていたマツモトが何か大声で怒鳴るのと同時に、中学生らしき子供が数人、公園に走りこんで来るのを睡蓮は見た。

彼等は笑いながら、近場にいたホームレスたちに突然小石を投げ付けはじめた。自律神経の失調で真冬も常に大汗をかいている木村の後頭部にその石のひとつがまともにあたり、そこからひゅっと血が吹き出した。

子供達は斉藤のテントに向けても石を投げたが、それは大きくそれ、噴水めがけて飛んで行った。

「馬鹿やろう、このガキ！」

斉藤がテントから半身を出して叫んだ。

「このガキだって」

ひとりの子供が鼻で笑った。

「おまえら、朝から晩までこんなとこで寝てんじゃやねぇ」

そう言った少年の声はまだ、声変わり前の甲高い声であった。

その声を聞いた斉藤が小さな少年の胸ぐらを猛然と捕らえると、ドスの利いた声で言った。

「少年。他人に余計なせっかいやくな！　お前らはお前らの事だけ考えてろ。パパにもママにもそう言っとけ！」

耳もとで怒鳴られた少年は突き放された拍子に転び、しかし格段こたえた風も無く、ゆるりと起き上がると不遜に笑った。

「アーホ！」

子供達はそのまま笑いながら走り去った。

木村は頭からぽたぽたと血をしたたらせ、公園の真ん中に憮然として突っ立っていた。

ちょうど周囲のパトロールに来ていた女性ボランティアたちが慌てふためいて駆け寄り、木村の傷の手当てをした。

「まったく、どんな躾をされてるんだ」

斉藤が怒りで顔を赤くしている。

「お見事。でもちょっと私に言われたみたいでした」

ボランティアの女性のひとりが木村の傷口をガーゼのハンカチで押さえながら言った。

「何いってんの、あんたらのおせっかいは有り難いよ。もう何言ってんだよ！」

斉藤が女性の背を勢い良くパンとたたいた。

「あとで警察に言っといてよ。また来たら今度は四の字がためしてやる」

「四の字がためだってさぁ」

ひとしずくの血を目の端につけたまま木村が鷹揚に笑った。

トデチは一部始終を噴水の縁に腰掛け、黙って見ていた。


やがて近所の病院で包帯を巻いてもらった木村がひとり満足そうに戻ってくるなり、公園の隅を指差した。

「また猫が死んでるよぅ」

このところやけに猫が死んでるんだよぅと、彼は睡蓮に言った。

木村は幻視幻聴がある男で、三年前に失くした紫色の帽子を果てしなく探しつづけている。彼の大事な紫色の帽子は、ＮＨＫの電波塔が発する強力な電波に操られたイタリア人が盗って行ったのだと主張してやまない。足しげく福祉の窓口へ通い、その紫色の帽子の盗難についての訴えで受付を煩わせるのである。

たまにおかしなことを口走るが攻撃性は無く、公園の最も目立たない片隅にひっそりと住んでいる男である。

その彼の言う事を、すこしばかり疑いながら睡蓮が確かめに行くと、はたしてそこに、ちいさな子猫の死体はあった。

「あの子たちがやったのかしら？」

睡蓮はその場にしゃがみこんだ。

「他に誰がやるんだい」

木村が頭の包帯を片手で撫で回しながら言った。

睡蓮は猫の死体を見ながら、坂道の途中で眠るように死んでいた黒猫をふいに思い出した。

同時に、子供の頃に飼っていた一匹の猫を思い、遠い記憶のフラッシュバックに、思わず目を閉じた。

# フラッシュバック

睡蓮の母は猫好きで、田舎の家には一時、十四近い猫がいた時期があった。

その中でも特にひ弱な黒い子猫を睡蓮は可愛がったのだが、猫は皮膚病にかかっており、全身の体毛が抜け、かさぶたに覆われていた。

当時、学校でのストレスで毛髪が抜け落ちるという体験をした睡蓮は、その猫を自分の身代わりのように愛していたのである。

近所からの苦情はいつもひそやかに回覧板に挟まれて廻って来た。

特にその皮膚病の猫の治療なり処分なりを、小さな子をもつ家の主から再三請われていたのであるが、ある時、繰り返される苦情に腹を立て、睡蓮の父がその猫を処分してしまった。

それは保健所へ連れていくというような穏やかな事ではなく、自らの手で処分してしまったのである。

子猫は非常にあっけなく死んでしまうということを、その時、睡蓮は知った。

母が喚くように何かを言うと、父は、皮膚病が他の猫に伝染するから仕方が無いと言い捨て、埋めてやりなさいと言い残すと奥の間へ消えてしまった。

「保健所へ連れて行ってもみな、同じ様に死ぬのだからね」

母のとりつくろいは意味をなさなかった。

殺された猫を抱きながら睡蓮は声を上げて泣いた。

冷たく動かなくなった子猫を見た睡蓮は父が果てしもなく恐ろしくなり、独りその子猫を抱え、走って家を離れ、海の乾いた砂の中に埋めに行った。

乾いた砂はいくら掘っても深くは掘れず、さらさらと崩れ落ちて来るのを何度も掘りなおし、ようやくごく浅いところに埋めると、あとは二度とそこへ行かなかった。

父はいつか自分をも殺すのだと睡蓮は信じた。

自分の育った家がどのように他の家庭と違うかということは、家の中にいる子供にはわからないものだ。

あの父と母の抱えていた寒々しさが、子供であった自分の前に常に石壁のようにそそり立っていたと睡蓮は思う。

それは子供の生命力を奪い去る無言の暴力であった。

母は、そのような父に魅せられた様に片時も離れようとしなかった。

けれどそう、すでにその父も母も死んでこの世にいない。

父が病に倒れ静かに死んで行ったあと、母もすぐそのあとを追う様に逝ってしまった。

家に残されたのはまだ二十歳にならない睡蓮だけであった。

世界は皆に平等に息苦しいものだと睡蓮は思っていた。

そうではないことに気付いたのは結婚後であった。

あの短い結婚生活は、睡蓮にとってひとときの別天地であった。

夫はこのような自分をとりもなおさず愛してくれたと睡蓮は思う。

そしてみんな消えてしまった。

睡蓮は、公園の片隅で子猫の内側からはみ出ているものをそっと身体の中に戻そうとしてみたが、うまく出来なかった。

その夜遅く、彼女は公園を抜け出し、ひとり行くあてもなく電車に乗った。

子猫の死を見たことで甦った暗い記憶から逃れるように。

あの頃もいつもこんなふうにあてもなく逃げ出したかった。子供の頃にしみついた逃避癖は、何年経とうがどんな環境に身を置こうが大して変わらないものらしいと睡蓮は思う。

自分が何から逃げ出したいのかよくわからないが、ただ、逃げ続けることで自分の命を保てると信じて来たことだけはわかる。

そして長く長く逃げ延びて今こんなところにいると思う。

帰宅ラッシュの始まった夕方の電車に飛び乗ってみて、ようやく自分の身なりが気になった。

数着の服を着廻しているうち、どれもみなくたびれてきていた。

そろそろこれからの生活について考え直さなくてはならないと思いながら、電車のドアの脇に立ち、せめて姿勢を正してみる。

見渡すとみな清潔な服を着て、自宅へと運ばれて行く。

彼らにはあたたかな家というものがあるのだ。

けれどどれの目もどこか死んでいる様に見える。

睡蓮は自分もあんなふうに死んだ目をして長く生きていたにちがいないと思う。

# 襲撃

公園の片隅、清水夫婦のテントにやってきていた取材陣が完全にひきあげてゆき、ようやく公園に日常らしきものが戻ると、ちょっとしたトラブルが持ち上がった。トラブルの中心には菊地がいた。

夫婦への取材の謝礼半額を菊地が受け取り、その事を知ったボランティアのユーさんが、子供の為にも全額を夫婦に渡すべきだと主張したのである。

ホームレスの生活に深く関わろうとするボランティアの中には、テント生活を身体で理解しようと、定期的にテントを張る者がいる。あるいは、ダンボールハウスで眠る。

青い目の留学生、ユーさんもそんな熱心な者のひとりであり、眠る前にはクリスチャンらしい静かな話しかけで皆の様子を見て回る。

ユーさんが公園で寝ている夜は睡蓮もなんとはなしに安心し、いつもよりぐっすりと眠ってしまうのであった。

その静かなユーさんが皆の前で大声をあげたのは、これまで菊地の巻き起こす似た様なトラブルへの苛立ちが積み重なっていたからでもある。

菊地は自分が交渉して連れて来た取材陣なのであるから自分が半分受け取るのは当然であると言い張り、ユーさんは毅然とした態度で菊池に反論し、たじろぐ様子も見せなかった。

公園の住人全員が、菊池への漠とした反感を似た様に抱いており、誰もがユーさんの抗議に内心、胸のすく思いをした。

が、誰もそれを口にしようとはしなかった。

公園の中がしんと静まり返った。

清水夫婦も同様に黙り込んでいた。

「育ちのいい外人さんは頭が固いよ」

やがて珍しく菊地が折れ、全額を清水夫婦に渡すと約束すると、渋々その場を立ち去った。

若いユーさんは全身を震わせるようにして遠ざかる菊地の背中を睨んでいた。

その、小さなトラブルは、小さなままではおさまらなかった。

その夜、ユーさんは、睡蓮のテントから少し離れた場所に、棺桶にも似た細長く簡素な寝床をダンボールでこしらえた。

彼は天井の半分無い低い天窓から半身を出して缶ビールを飲みつつ、普段は無口で殆ど会話をしない大男、ヤマダと珍しく雑談をしていたが、やがて二人ともすっかり酔って寝入ってしまった。

みな深く眠っていたため、ユーさんのダンボールハウスが襲われたのを誰も気付かなかった。

いや、正しくはその時、ユーさんのダンボールハウスで寝ていたのはヤマダであった。

ユーさんは一晩をそこで過ごす事をせず、皆が寝静まった深夜にひっそりと帰宅し、その真新しい清潔な箱にいつのまにかヤマダが入り込んだのである。

無口な大男のただならぬ呻き声でようやく目覚めた斉藤が、暗いダンボールハウスの底で頭部を押さえ悶え苦しんでいるヤマダを発見した。

夜の暗闇の中ではあったが、その指の間から黒いものがとくとくと流れ出しているのを見てとると、斉藤はすぐさまケータイで救急車を呼び、病院に運んだ。

救急車が病院にたどり着いた時点ですでにヤマダの意識はなかった。

翌日、公園内は再びざわついた。

現場を見に来たひとりの警察官が睡蓮に話しかけようとしたそのとき、後頭部の傷がまだ完全には癒えていない木村が、ベージュのトレンチコートを来たサラリーマンが通りがかりにやったのだと言い出した。

警察官は実直そうに彼の言葉に耳を傾けた。

「見たんですね？」

「見たよ。ふつーのサラリーマンがさ、通りすがりにこうもり傘の先でブスっとやったのを見たよ。あんとき目玉を突いたんだろ」

「何歳くらいの男だったか覚えてる？」

「うん、三十歳くらいだったかなぁ」

「この公園によく来る男？」

「あーいや、はじめて見たね」

それ以外に、目撃情報は無かった。

斉藤はテントにじっと引きこもり、マツモトは公園周辺をそわそわと遠巻きに歩き回り、清水夫婦のテントはしばらくのあいだ空になった。
事件の後、解体屋ひきいるボランティアたちの見回りが毎晩続いた。
時折、トデチも見回りに加わった。

モンスター

モンスターは生きてる
黒いテントの奥で
人間の屁精神を見破るモンスターに声は無い
区役所で尻をぬぐう紙と硬パンをもらい
モンスターにも聖なるパンをわけてやる
明日は雨だ
お前もどこへも行けないだろう
モンスター
昨日

夜の水飲み場で
一円玉が水にうたれて踊っているのを口を開けて見ていた
モンスター

トデチ

# 夢の中の睡蓮と暗い希み

数日後、ボランティアの女性たちが陰うつな面持ちで配りに来たビラの片面に、新聞記事が大きくコピーしてあった。

その記事には「通りすがりのサラリーマンの犯行か？」とあり、疑問符で締めくくられていた。

ユーさんの姿は、事件以来ぱったり見かけなくなった。

公園の住人は皆、暗澹たる想いで押し黙っていたが、誰もが内心ヤマダの目を突いたのは菊地だと思いたがっていた。

けれどやはり誰もそのことを口にしなかった。

一体ななななんなんだ、こりゃ！

一体なななんなんだ、こりゃ！

トデチは相変わらず大量のシャンプーをTシャツの上にぶちまけながら洗濯をし

た。

噴水は相変わらず高く吹き上がり、立ち上がった水はやわらかく風になびき、トデチの独り言は相変わらずその場限りの詩のようであり、その詩はまるで痙攣かしゃっくりのようであった。

睡蓮はベンチでトデチのひとり言を聞きながらその姿を長い長い間、眺めた。色弱の検査に使われる色とりどりの斑点の中から、ひとつの意味のあるカタチを見い出そうとするように。

トデチが全身泡まみれになり「たばこ屋」と自分で書いたTシャツを噴水の水面にパンと打ち付けると、はずみで泡が四方へ飛んだ。

「ユーさんが来ないから怒ってるのね？」

トデチがしばらく黙り、きょとんとした目つきで睡蓮をみつめた。

「知らない」

そう言うとふたたび洗濯を続ける泡まみれの全裸のトデチの性器が、泡にまみれたままふらふらとゆらぐのを、睡蓮は無表情に見ていた。

その揺れは、どこか剽軽な禅の公案のようにも見えた。

睡蓮は気怠くベンチに仰向けに寝転がり、青空の眩しさに自然に目を閉じると、浅い眠りに落ち、夢を見た。

夢の中で睡蓮が笑って言った。

「トデチ、それを大きくしてごらんなさい」

夢の中のトデチは泡まみれのしなだれた性器を指差し、これか？　というしぐさをしてみせた。

「そう、それを大きくしてごらん」

周囲にいたホームレスたちが睡蓮の言葉を聞きつけ、げらげらと笑った。

トデチが真面目な顔で了解し、「デデデ、デッカイおっぱい」そう言った途端、彼の性器はみるみる張りつめた。

周囲の皆がそれを指差し、いっそう大笑いをしはじめ、やがてよく晴れた青空のもと、大きく笑いながらトデチが射精した。

そのミルク色の液は美しい放物線を描いて飛び、その光景へむけて皆から、惜しみない拍手と笑いが贈られた。

睡蓮はやがて浅く明るい夢の中で、白いミルク色の砂浜に降りて行った。

それはいつか、父が殺した猫を埋めに行った砂浜であった。

あたりには一面、うすい小雨が降っている。

小雨は古い映画のフィルムについた傷のようでもあり、事実それは睡蓮を少しも濡らさないのだが、素足に触れる砂は雨を吸ってひんやりと冷たい。

そのとき睡蓮の目の前に何処からか一匹の子犬がまろび込んで来ると、そのまま雨の中を駈け抜けて行った。

子犬の足跡が、あの、懐かしい皮膚病の子猫の墓の上を越え、濡れた砂浜に延々と延びてゆくのを見送りながら、足跡というものはどんな生き物にもあるものだ、どんな生き物にも身体があるようにと思い、睡蓮はふわりと泣きたい様な、しかし幸福な気持ちになった。


その、ミルク色の砂浜を歩きはじめた睡蓮はいつしか少女となり、彼女の浅い足跡を踏み外さぬよう、うしろからトデチがついて来ていた。

トデチの歩行は壊れた玩具の人形の歩みのようでもあり、ダンスのようでもある。

それは睡蓮の歩行のリズムを彼が真似ているせいであった。

潮騒の音がやがて人の笑い声に変わり、睡蓮がふとあたりを見回すと、いつのまにか現れた見知らぬたくさんの人間が睡蓮と全裸で性器を振りながら歩くトデチを指差し、可笑しそうに笑っていた。

それはどこか清々しい笑いで、トデチも笑われる事が嬉しいという風に全身で笑っている。

笑っている人間達の中で睡蓮の全身だけが酷く傷んでおり、身体のあちこちから透明なリンパ液が滲み出ているのだが、それは誰にも見えないらしい。

体全体からリンパ液をしたたらせながら前へ前へと、奇妙なリズムで進まなければならないのは、睡蓮の足跡をトデチが辿りたがるからである。

トデチは全身を操り人形のように動かし、完璧に睡蓮の足跡と歩み方をトレースする。

ふたりの奇妙なダンスのような行進に、周囲から大きな笑いと拍手が湧く。

やがて睡蓮の後ろで踊り続けるトデチの頭頂から巨大な虹が噴水のようにたちのぼり、その大きな虹は壊れた天国の噴水のように長々と空へ吹き上がった。

あれ、と、あれ、は、似ている

奇妙な、色とりどりの夢から覚めた睡蓮は、目を開き、青空の眩しさに手で光を遮った。

あたりにはまだ夢の中の潮の匂いが満ち満ちていた。

その一瞬、猫を殺した父の、残酷というよりも力の漲った目をありありと思い出した。

睡蓮は青空の深い場所に焦点を合わせた。

ああそうだ。あれ、と、あれ、は、似ている。

そうつぶやいた瞬間、閃くようにひとつの欲望が睡蓮の中に宿った。

それは不可解な閃きであった。

それはこれまでほとんど何の希望も抱いて来なかったこの世界に対し、うっかり思いがけず抱いてしまった、睡蓮の一縷の希みのような欲望であった。

自分の抱いた希みの暗さに睡蓮は愕然とした。

彼女は自分の中に不意に宿った暗い小鳥の体温を感じながら、青空をただ見上げていた。

# 呼吸と鼓動

その夜、睡蓮とトデチは、はじめてひとつのテントの中に寝た。

睡蓮はトデチの髪を撫で、喉仏に唇で軽く触れ、心臓の音を片耳に聴きながら、柔らかな睾丸をひとつずつてのひらで包みこむと、ペニスに唇で軽く挨拶をし、やがて彼が自分の最も奥まで届くように身体を開き、指でゆっくりと導いた。

トデチはひどく不器用で機械的であった。

しかしやがて彼がごく本能的にリズミカルに、自分本意に動き始めると、睡蓮を唐突に笑いの発作が襲った。

「可笑しい？」

トデチが動くのをやめて真顔でたずねた。

「いいえ、いいえ」

そう言いながら睡蓮の笑いはしばらく止まらなかった。

「ツボが死ぬって、わかる？」

トデチが眉間に皺を寄せて首を横に振った。

「身体の何処かがあんまり痛みすぎると、ツボが死んで痛みをかんじなくなるんですって。整体師さんが言ってた」

それを聞くとトデチが睡蓮の頬を平手でたたいた。

驚いて睡蓮は黙った。

睡蓮はそのままトデチの動きに揺さぶられながら彼の身体の向こうにある闇を目を開けてみつめた。

みつめながらぼんやりと思った。

はじまりが恐いと思い続けてきたのは単に死が恐いということではなかっただろうか。私は死ぬことを引き延ばし引き延ばしして来たのではないか。

長い長い年月、夏は影の濃く落ちている片側を選び、冬は凍りついてしまう片側の日陰を避けながらあの坂を上り下りし、人生を無為に過ごす事で。

何故なら人生を始めてしまえば、やがて死ぬ事を知っていたから。

そうだ、ずっと私は死にたくなかったのだ。

それはなんとおかしなことだろう。

睡蓮は目を閉じた。

やがて激しさを増して行くトデチの動きに睡蓮が大きく揺さぶられはじめ、トデチの起こすリズムに予想外に深く侵食されるようにしてトデチよりも先に達した瞬間、その力に思いがけず屈したように睡蓮が泣いた。

トデチが泣いている睡蓮の頭を胸に引き寄せた。

彼には不思議なほど匂いがなかった。

「大人は泣いてはいけないよ」

トデチが睡蓮の耳元で母親のように言った。

その夜の二人の行為は、睡蓮の抱いた暗い欲望具現への、ささやかなプロローグであった。

*

翌日の朝、上空をサバの大群が泳いでいったと、木村が治りの遅い包帯の頭を抱え、あちらこちらに言い回っているのがテントの中まで聞こた。

「それは何やねん?」

暇を持て余しているらしいマツモトがどこか馬鹿にしたように笑った。

木村によると、サバの大群が泳ぐ日は頭痛がし、天気が崩れると言う。

恐らく彼は気圧の変化で頭痛がするのだろうと睡蓮は、まだ目覚めないトデチのやわらかな髪を撫でながら思った。

木村の頭痛による天気予報はみごとに当たり、その夕方、突然の雷雨に公園一帯が浅く水に浸かった。

ダンボールハウスは完全に濡れそぼって崩壊し、トデチは青空古本百円市で買った何冊かの詩集と共に再び睡蓮のテントに避難して来た。

「トデチ、私が明日、新しいテントを買ってあげる」

睡蓮は自らの生活空間を守るために、そう言っている自分に気付いた。

トデチはシンプルに喜んだ。

睡蓮が彼に買い与えたテントは睡蓮のそれと同じ型の鮮やかなブルーで、その色と新しさにおいてふたつ並んだテントは周囲から浮いて見えた。

目敏い菊地がテントの住人をわざわざ訊ねて来たのは当然であった。

「あんたたち、親子かね」

菊地は横柄な態度で睡蓮に質問した。

「いいえ、恋人です」

睡蓮が答えた。

そのときふと、昔、夫が愛人と言わず、恋人と言った女の顔が睡蓮の頭の隅をよぎって消えた。

「あんた、することがないなら缶拾いでもしてみたらどうかね。少しは足しになるよ」

菊地はごく穏やかな口調で睡蓮に提案した。

「有り難う、そうね、いつかね、いつか」

睡蓮には今、缶など拾いに出かけるつもりは毛頭ない。それよりも欲しいものがあるのだ。

欲しいと思うと、睡蓮の胸の中の暗い小鳥が低くやわらかい声で笑った。

「夜に働くなら紹介できるよ。女のひとは楽だよ、すぐ稼げる」

菊地が睡蓮にそう言ったそのとき、トデチが睡蓮の背後から言い放った。

「睡蓮は便所じゃねぇ」

菊地はどんな時も暴力からはあっさりと身をかわし退却する。

その日も、捨て台詞ひとつ残さず、そのままその場から立ち去った。

その夕焼けどき、公園を通りかかった少女が母親に、あんな色の服が欲しいのと、果てしもなく遠い場所を指差しながら言うのを睡蓮は遠く聞いた。

空には濃いサーモンピンクの夕焼けが広がっていた。

そうだった、私も昔、あんなピンク色の服が欲しかったと、少女の指し示す先を見ながら睡蓮は思った。

公園にテントを張ってからもう十年も経ったような気がしていた。

けれど、まだかろうじて春は続いていた。

その夜、解体屋が睡蓮のテントを何気なく覗き込んだとき、素っ裸のトデチが下着姿の睡蓮に絡み付くように寝ていた。

解体屋がたじろいで謝り、立ち去ろうとするのを睡蓮はひきとめた。

「ごめんなさい吃驚させて」

「ああ、いや、こっちこそごめんなさい、覗いた僕がいけません。でも、よかった。安心しました」

トデチを起こさぬ様、解体屋がささやくような声で言った。

「安心?」

睡蓮が驚いて言った。

「女の人は、男の人と一緒にいた方が安全ですから。たいていパートナーをみつけて一緒に生活していますよ。仲良き事は、えっと、良い事です。武者小路、実篤、かな?」

解体屋は少し顔を赤らめながら、相変わらず朗らかに、小さく笑った。

「あ、でも入り口はきっちり閉めて下さい。いろいろ羨望の的になりますからね」

ぐっすり寝入っているトデチに毛布をかけてやり、睡蓮は改めて解体屋の顔を眺めた。

「あなた、何か、宗教、持っている?」

「はい、宗教ですか……。えっと、こういうボランティアやってる仲間はたいていキリスト教関係者が多いんですけど、僕はもの好きでやってるだけですね」

「昼間はお仕事しているのね。大変でしょう?」

「ええ。でも、こっちの方が楽しくて……。さてと、今夜、炊き出しなんです」

そう言うといつもの見慣れたチラシを睡蓮に差し出した。

「もうてんてこ舞で大変なんです。よかったら手伝いに来て下さい。たくさん仲間も来ますし女性もちらほらいますから、まぁ、口べたなひとばっかりだけど、いろいろ情報交換してみたらいいですよ」

「そうね、行ってみます」

睡蓮は気になっていた事をふと思い出してたずねた。

「私の荷物はもうきれいに片付いたの?」

「はい、仰せの通りボクが責任を持って撤去しました」

その言葉に睡蓮が笑った。

「ねえあなた、小島のおじいちゃん、知ってる?」

隣家の老人の事である。

解体屋が少し黙り、はいと答えた。

「彼はお元気かしら」

「ああ、睡蓮さん。ヤマダさんの事件もあったし、睡蓮さんに言った方がいいのかどうか、僕、ずうっと長く迷っていたんですけど……」

解体屋の顔が曇った。

「なあに、聞かせて」

不安に思い睡蓮が言うと、解体屋がしばらく考え、ゆっくりとこたえた。

「おじいちゃん、亡くなられました。どうも自殺なさった様でした」

睡蓮は絶句した。

「丁度、睡蓮さんの家の解体中でした」

「……」

「おつきあい、ありましたか?」

解体屋が遠慮がちに言った。

「はい、お隣ですから、すこし」

睡蓮はそう言うのが精一杯であった。

解体屋が立ち去った後、睡蓮は長く放心していた。

そのように放心している自分自身に驚きながら、心の何処かで微かな支えになっていた最後のものが完全に失われたように感じた。

それは重みのある悲しみでは無く、うっかり手を滑らせてグラスを割ってしまった時のあっけなさにも似ていた。

そうか、死んだのか。

もうとうに、あの群青のあたりまで昇って行っただろうか。

夜の空は街のあかりにてらされ、ぼんやりと明るかった。

トデチはよく寝ていた。

睡蓮は下着の上に古びた黒いポリエステルのスプリングコートを羽織り、テントを抜け出すと夜の中をふらりと歩きはじめた。

東京の街をどこまでいっても真の闇は無い。

長く続いているテールランプや、とりどりのビルの看板や照明を眺めながら幾つかの角を曲がり、夜の中を、人の間を、群青色の空を見上げながら歩き続け、見知らぬ袋小路に入り込み、突き当たっては再び引き返し、延々と何処までも歩きつづけているうち、やがて老人の死を悲しんでいるのは、彼ではないのだということに思い至った。

死んだ者は自分の死を悲しめない。

そのことが唯一の救いのように思えた。

そのとき睡蓮はひとりの、恐らくどこか他の場所で自分と同じようなテント生活をしているのであろうと思われる大男が、路地の先の薄い闇の中から不意に歩み出て来るのを見た。

全身汚れて黒い塊のようになった大男は、片足を重く引きずりながらこちらへ向かって進んでくる。

まるで、彼が大事に守っていた彼の愛する人たちはとうに他の星に旅立ってしまったので、いましばらくはこの、一切が終わったステージの上で生きて行かなければならない、だから彼はとりあえず家のかわりに夜のような重く黒いものを全身にまとい、夜の奥にこそ家を探しているのだというふうに歩いてくる。

すれちがいざまに一瞬目の合った黒い男を振り向きながら睡蓮は思った。

彼はいったいどこへ辿り着くのだろうか。

淡い半月の下、睡蓮はようやく立ち止まった。

そして、私は。

〈そうだ、私は、彼は、もう、どうしようもない〉

黒い男を見送りながらそうつぶやいたとき、睡蓮の中に何か静かなものがふわりと満ちた。

〈おかえりなさい〉

闇の底から声がした。

それは冷えた闇そのもののようでもあり、けれど重くはなく、人間のものではない〈美しい気配〉と呼びたいようなものが睡蓮に向かって思いがけず〈おかえりなさい〉と、低い女の声で言ったのである。

その闇の声は、実際にそう言った。

睡蓮は、命の奥座敷にはこんな美しく冴えた女の声が潜んでいるのかと思い、あの大男もこの声を聞いただろうかと思った。

やがて歩き疲れてテントに戻る途中、長い行列が、ある方向へ向けて延々と連なっている光景に出くわした。

それはどこまでも連なり、その姿は一様に黒かった。

黒々とした影のような人々の行列がぞろりと伸び、巨大なビルを半周していた。

行列の目指す場所、照明の当たっている場所を見ると、あの解体屋がおり、その足もと一面に敷かれたシートの上には大量の器がずらりと並べられてあった。

睡蓮が彼のそばにそっと寄って行くと、彼は、ああと微笑み、手伝ってくれますかと言った。

これまで見た事も無い程の大鍋にはたっぷりとカレーが用意され、それをたくさんのボランティアたちが器に盛り続けていた。

その中には頭に怪我をした木村もおり、神妙な顔をした丸眼鏡の斉藤もいた。

見れば先程の黒い大男もそこに並んでいるではないか。

ああ良かった、彼は辿り着いたのだと、睡蓮はなにか安堵した。

睡蓮は大鍋の脇に座り、器に盛り分ける作業に参加した。

「ねえ、あなたはどうしてこんなに大変な事をしているの？」

カレーの大鍋と格闘し続ける解体屋に真顔でたずねると、彼は手を止めることなく睡蓮に言った。

「実は僕ら、もとはバンドをやってたんです。僕ら、最初は路上で歌っていたんですよ」

「まあ。音楽家だったのね？」

「はい、そんなところです。路上で歌っていたら、すぐそこで寝ていると思ってた男の人が死んでいたんです」

そう言いながらも解体屋の手は動き止まない。

睡蓮も次々に渡される器にカレーを盛り分けてゆく。

「初めて人がお棺の中以外で死んでるの見ました。そのとき、歌を唄うのもいいけれど、なんかちがうだろうって思ったんです」

「死んでいたのね」

「ええ、死んでいたのに、僕らは彼の横でバカみたいに歌を唄っていたんです」

「そう。バカみたいだったの」

「バカみたいだったんです」

盛り分けられる器を眺めながら皆、静かに待ち続けている。

「たくさん来るのね」

「三百人くらいですよ」

「多いわね。それって、どうなのかしら」

自分の事は棚に上げた睡蓮が思わずそう言うと、解体屋が言った。

「家に帰りたくない人や働きたくないという人はそれでいいんです」

睡蓮は許された様でホッとした。

「でも、それが本意じゃない人はよくないです。どっちにしても食料の確保が必要なんです。今度、河川敷で野菜を作りますから野菜には不自由しなくなると思うんだけど」

「土地を借りるのね？」

「いや、まあ、不法占拠です」

解体屋が静かに笑って、ほらと、胸のTシャツの英語の文字を睡蓮に見せた。

「不法占拠っていう意味ですよ。僕らの車、警察にチェックされてますよ。いけませんね」

そう低い声で言うと、可笑しそうに、けれど静かに笑った。

「睡蓮さん、ここへ来たすぐの頃、僕に、警察なんかに言わないでねって言いましたね」

「ええ」

「僕ら、そんなこと、できませんよ」

解体屋の悪戯っぽい微笑に睡蓮も驚きながら微笑んだ。

やがて盛り付けが済むと割り箸が器の上に置かれはじめる。

待っている黒い行列は特に作業をせかすでもなく、ただじっと無言で待っている。

「三列に並んで下さい。今日はおかわりもありますから、欲しい人は食べ終わったらもう一度列のうしろに着いて下さい」

解体屋が叫ぶと、ぞろぞろと移動が始まり列が太く短くなった。

ボランティアの活動が行き届いている場所へは、時折、他の場所から舞い戻って来る元住人がいる。

睡蓮がカレーの入った器を手渡した男は、ちょうど睡蓮の横で箸置きに精を出していた斉藤に話しかけた。

「ああ、もう早く死にたいね、今日こそ死んでやろうと思ったんだけどさ、まだ生きちゃってるんだ。人間、そんな簡単には死ねないんだねぇ。斉藤さん、酒、ある？」

「酒は無い。高田さん、ヤマダが死んだよ」

割り箸の束を片手に握りしめた斉藤が重苦しい声で言った。

「なんで?」

「どっかのガキが殺ったんだ。でなきゃ菊地の馬鹿に指図された奴かどっちかだ。木村のおっちゃんはサラリーマンがやったって警察に言ったけど、ありゃ、あてにならない」

「ああ俺、池袋で寝てたときは夜の間ずっと歩いてたよ。昼間しか寝てらんないよ。怖くて。ヤマダは災難だな。警察はしっかり調べてくれるんだろう」

「さて、どうかね」

斉藤が吐き捨てる様に言った。

やがてカレーの盛られた器がみなに行き渡った頃、解体屋がギターを弾きはじめた。

音楽はあたりの空気の色をふっと変えた。

睡蓮も、皆と一緒にプラスチックの器を抱え、ふと見上げると都会の空にも微かに星があった。

そのとき、六十歳ほどの古びたスーツ姿の男が、食べ終わった器を大きなバケツの中に返しに来るのを睡蓮は見た。

そして彼が睡蓮に近寄り、おずおずと言うのを聞いた。

「あの、ちょっと踊ってくれませんか？」

睡蓮は驚いた。

「僕はずっと社交ダンスを習っていて、でも、こんな生活をしているものだからステップを忘れてしまいそうなんです。ずっとそのことが気になっているもので、だからよかったら、踊ってくれませんか」

睡蓮は口籠りがちな彼がみな言い終わらないうちに立ち上がって、応じた。

解体屋がちらと睡蓮たちを見ると、古めかしいワルツを奏で始めた。

ふたりがその場でぎこちないステップを踏むのを、皆はやしたてるでもなく、黙って見ていた。

睡蓮はふと、隣家の老人と踊っているような気がした。

こんなふうに踊れば良かったのだ、可哀想な事をしてしまった。

解体屋のギターは長く長く続いた。

皆、空の器を抱えたまま、ふたりのダンスに見入っていた。

「ああ、よかった、ぼくはよかった、ありがとう、よかった」

男は最後にそう言うと、頼りなさそうな足取りで立ち去った。

「あいつ、睡蓮さんに触りたかったんだ」

斉藤が睡蓮の耳元でそう言った。

# 君がいれば何もいらない

その間、トデチはひとり睡蓮のテントの中で膝を抱え、睡蓮が戻るのを待ち続けていた。

テントに戻ると睡蓮は待ちくたびれた様子のトデチの頭を撫で回した。

「何処に行ってたの？」

トデチが甘えるように、責めるように言った。

「ちょっと悲しくて歩いて来たの」

「悲しかったの？」

「そう。昔の知り合いが亡くなったから」

「僕に黙って行くな！」

突然の険しい声に彼の髪を撫でていた睡蓮の手が止まった。

「ごめんなさい、散歩の帰りに炊き出しに行っていたのよ。トデチはよく寝てたから起こさなかった。行きたかったのね？」

驚いた睡蓮がそう言うとトデチの声が柔らかくなった。

「食べて来たの？　美味しかった？」

「踊って来たの」

「誰と？」

「知らない男の人」

「なんで知らない人と踊るの？」

「だって。踊ったの」

睡蓮はそのまま彼から逃れる様にテントを出た。

そこに木村が夜に紛れるようにして何をするでもなく佇んでおり、また猫がと、気怠そうにトイレの裏の方を指差してみせた。

指差された方に行ってみると猫の腹は大きく切り裂かれ、前と同じように内臓がはみ出ていた。

「いったい何故こんなふうに殺すのかしら」

睡蓮が言った。

うしろからそっとついて来ていたトデチが耳元で絡みつく様に囁いた。

「ぼく心臓が見たかったんだよ。詩を書きたかったから……」

それは睡蓮を脅そうとする狂言のようにも、許しを請おうとする声にも聞こえた。

「冗談だよ」

彼がすぐにそう言い足すのではないかと、睡蓮は息をつめて彼を見つめた。

「睡蓮、僕だよ」

トデチが猫を見下ろしながら脅すように言った。

睡蓮は冷たいものが背を走るのを感じ、その冷たいものごと、みな食べてしまうように、彼の手に自分の手を伸ばした。

手は、手に届いた。

「本当なの？　この手でやった？」

「うん」

トデチが無表情に頷いた。

睡蓮はその手を自分の手で包みこみ、自分の胸に当てた。

片手でトデチの頬を撫で、首を軽く絞めた。

「私ね、君が好きよ」

睡蓮が歌うように言った。

「君がいれば何もいらない」

トデチの目が、驚き脅えた風に、睡蓮を見た。

完璧に安全

大地を剥がし
掘り返して
埋めてやる
お前の天国は此処
お前はもう完璧に安全

トデチ

# バスが出る

噴水のある公園から一台のマイクロバスが発車したのは五月の最後の日曜日の早朝であった。

運転手は解体屋であり、乗客はトデチに睡蓮、清水夫婦と赤ん坊に木村、瓶底眼鏡の斉藤に、マツモトである。

バスは東名高速に乗った。

「中田島砂丘行き・野宿者様御一行」と下手な字で書いた紙を窓に貼付けたのは斉藤である。

マツモトははしゃいでいた。

「睡蓮さん、ほら見ぃ。富士山や、にっぽん一の山や！」

「マツモトさん、そんなことは誰だって知ってるよ」

そういったのは清水夫婦の夫の方で、赤ん坊を大事そうに抱いている。

「ええなぁ、富士山、奇麗やなぁ、これなら別に誰がにっぽん一やて言わんでもにっぽん一や！」

マツモトがマツモトなりに感服し、睡蓮の前の座席に沈みこんだ。

睡蓮はトデチの横に座り、トデチの手を握り続けていた。

マツモトは缶ビールを飲み続け、木村はピンクの帽子を頭に乗せぼんやりと外を見ている。

木村の頭の包帯はとうにとれていたが、傷口には未だにガーゼがあり、あいかわらずランニングシャツ姿で、ズボンにはいつものようにシミがあった。

旅行に乗り気では無かったトデチは「たばこ屋」のTシャツを着て黙りこくったまま前方を見つめ続けており、睡蓮もまた、何処か別の遠くを眺めながら彼の手を自分の手の中で弄んでいた。

一日旅行を計画したのは解体屋であり、それにかかる費用をカンパし、行き先を決めたのは睡蓮である。

「明日、みんなで砂丘を見に行かない？」

数日前、睡蓮がそう言うと、トデチがいつかサクマのドロップを受け取ったときのように大口をあけて笑った。

「日本に砂丘なんか無いよ」

やがてバスが中田島砂丘の入り口に辿り着いたとき、清水夫婦は揃って車に酔っており、夫がバスから降りようとした直前にマイクロバスのステップに吐いた。

若い母親がそれを新聞紙で拭い、その間、座席にひとり残された赤ん坊は、涎をながしながら顔を真っ赤にして泣き続けていた。

斉藤とマツモトはバスから降りるなり、それぞれふらふらと砂丘の方へ、海の方へと歩き出し、木村は今バスが来た道を少しばかり引き返したところにある公園の方に歩き出した。

解体屋は公園のトイレを探しに行き、トデチと睡蓮は手をつないで砂の上を歩きはじめたので、噴水のある公園の住人たちのその足跡は、てんでんばらばらの方角に向かって散らばっていた。


海の波は明るく打ち寄せていた。

睡蓮は久しぶりの潮の香りにふかぶかと深呼吸をし、さらに海の方へ歩いた。

トデチは海を恐がった。

「あら恐いの？」

睡蓮がたずねたとき、ビールに酔ったマツモトがふらふらと先に海に入って行き、急な深みにはまって大きくよろけた。

「おおっ!」

波の音にかき消され声は聞こえなかったが、マツモトが腰まで水に浸かって叫んでいるのが見えた。

トデチがようやくそれをおもしろがり、睡蓮の手を振り払うようにしてマツモトの方へ走った。

その後ろ姿を睡蓮は眺めた。

ずぶ濡れのマツモトは逆に砂の丘の上にいる睡蓮に向かってのろのろと歩いて来た。

トデチが大きな水しぶきをあげて海に飛び込んだとき、マツモトが睡蓮の横にどさりと腰をおろして言った。

「ああ深かった!」

マツモトがそのまま草の上に寝転がり、酔いに負けてそのまま寝入ってしまうと、やがてトイレから戻って来た解体屋が、まったくてんでに歩き回る公園の住人たちを遠く眺めながら言った。

「あれ、なんかみんなばらばらになっちゃったな。木村さん、何処いったんだろう」

「解体屋さんも、ばらばらになっちゃったって言うのね」

睡蓮が思わず笑いながら言うと、

「いや、僕がバラすのは、鉄骨やなんかです」

真面目な顔で答えながら、酒に酔って寝ているマツモトの横にそっと腰を下ろした。

「解体の後、更地になったところを見ると気持ちいいんですけどね」

浅い波打ち際でトデチが大げさに転ぶのが見え、波が来てトデチを頭から濡らした。

「こうして見てると、なんていうか、What a wonderfull world だなぁ」

解体屋がトデチを眺めながら朗らかに言った。

それは彼がはじめて睡蓮の家をたずねて来たときのあの声であった。

「ああ、ギターをもってくればよかったんだ」

そう言うと彼はひくく〈この素晴らしき世界〉をくちずさみはじめた。

友たちは握手をしながら
はじめましてと言っているけれど

ほんとうは愛しているよと言っているんだ
赤ん坊の泣き声が聞こえる
彼等は成長して行く
私の知り得なかったことをも学びながら
何と素晴らしい世界

丸眼鏡の斉藤は背を大きく丸めて波打ち際を歩きながらなにやら拾い集めており、清水夫婦は斉藤とは逆の方角へ向けてふたり並んで歩き続け、その子供は手足をばたつかせながら父親に抱かれている。

徐々に遠ざかる彼等を眺めながら、ふと睡蓮は、いつか砂に埋めた猫では無く、池に沈めた骨を思い出した。

「骨って、池の中で、溶けるのかしら」

睡蓮が寄せては返す波を見ながら、突然、解体屋に言った。

「私ね、家を壊すって聞いたとき、手元に少し残してあった主人の骨を近くの池に沈めてきたの」

解体屋が驚いて睡蓮を見た。

「それは違法な散骨でしたね。でも、酸性の土地では溶けるといいますよ」

「そう。溶けてくれるといいのに」

睡蓮はそれきり寄せて返す波を見ながら黙ってしまった。

横でマツモトが高鼾をかいていた。

波の音と青空のただ中、睡蓮の耳の奥にあの闇の奥の声がよみがえった。

悲しみの奥座敷にはこんな美しく冴えた女の声が潜んでいるのだと思ったあの声が。

睡蓮が独り言のよう言った。

「このあいだね、小島さんが亡くなったってあなたに聞いた夜に、わたし、ずっと夜の街の中を歩き続けていたの。そうしたらね、頭の中で女の人が、突然、おかえりなさいって言ったのよ。その声がね、とても懐かしい声だったのだけど母ではないの、懐かしいのだけどとても若い声だったなぁ」

解体屋が少し不思議そうな顔で睡蓮を見た。

「ああ、私、すごく変な事言ってるわね？」

「いえいえ、それは何だろうなぁ、ランナーズ・ハイとか、そういうのかなぁ。走り続けていると脳の中に何か快感物質のようなものが出てくるらしいです。でも歩いていても出るのかな。いや、だけどそれじゃあつまらないですね。きっと、その女の人というのは睡蓮さん自身でしょう。その時、睡蓮さんは睡蓮さん自身の中の家に帰りついたんでしょう、と、いうのはどうですか？」

あまりにさらさらと解体屋が答えたので睡蓮が笑った。

「でも、それは、一瞬の出来事だった」

「そうですか、またいつか、帰れるといいですね」

「わたし、子供も産んでいないし、これまでの人生、なんにもしていないのよ。だめねぇ」

睡蓮はそう言いながら、少しもそのことを悲しんでいない自分を感じた。

「子供を産む事よりも自分を生み出す事が女性の至高のそして危険に満ちた運命ですって、誰が言ったんだったかな、いいでしょう、これも」

「解体屋さんは不妊症の患者さんに婦人科の先生が言うみたいな事すらすら言えるのね。トデチは子供みたいなのに。あなたと彼、同い年くらいでしょう？」

「彼は本当に何か、どこか奇妙な具合に壊れちゃっていますね」

波打ち際を歩いているトデチのむこうで明るい波が寄せて返し、寄せて返し、寄せて返していた。

　睡蓮は愛おしいものを見る目でそれを見た。

「あのくらい壊れているとかえって綺麗です」

　解体屋が言った。

「彼、脳波をとってもらった方がいいかもしれないわ」

　睡蓮が言い足した。

「異常はないでしょう、多分。睡蓮さんはこれから先どうするつもりですか？」

「そうね、私ね、今、とっても欲しいものがあるのよ」

「ああ、欲しい物があるのはとてもいいことです。それは何ですか？」

「でも、普通の人が普通に欲しがるものじゃないのであなたには言えない」

「うん、そうですか。ちょっと残念だな。僕もこんな、人から見たら何の得にもならないような活動にはまってみてわかったんですけどね、何か、人の生存にとって重要なものが一定の閾を越えて不足したり過剰になったりしたときに、無意識にそれを感じとって圏外に避難しちゃう人っているんです」

「避難？」

「動物実験なんかでもそうなるらしいです。きっと睡蓮さんがここにいるのも、トデチくんが少し壊れているのも、僕がいまこんなことしているのも、僕達、きっと、はからずも圏外の注意書きを身体を張ってやってるわけですよ。そういう、外側に避難した人たちが何を欲しがるのか、僕、そんなふうに自分から出ていっちゃう人に、とても興味があるんです」

「解体屋さんも外の人なのかしら？」

「うーん、僕はもしかしたら境目でうろうろしているのかなぁ」

睡蓮は水平線を見ながら深呼吸をした。

「私ね、少し違う気がする。私が今いるのは外ではないのよ。以前いた場所よりもね、もっと真ん中で深くて凄いところよ。なんていうか、こう言うと馬鹿みたいだけど、とても素晴らしい真ん中なの」

睡蓮は自分でそう言いながらそのとおりだと感じた。

解体屋が何か言いかけたとき、後ろの方で彼を呼ぶ声がした。

「あ、木村さん、トイレからやっと戻って来た。彼、呼んでこなくちゃ迷子だな」

解体屋がバスの方を振り向きながらそう言うと走り出したので、睡蓮がマイクロバスの方を見ると、車全体が太陽の光を反射し、その白い光の中に解体屋や木村や清水夫婦が綺麗に呑み込まれてしまっていた。

睡蓮はいつか遠い昔に何処かで見た写真集の最後の数枚の光景を思い出した。ひとりの女性写真家の写真集の最後の数枚のタイトルだけが「無題」になっており、そこにはダウン症とひとめでわかる人たちが飛び跳ね、笑っていた。彼等は仮面を被り、仮装をし、逆立ちをしようとして楽し気に写っており、そして最後の最後の一枚で、皆が手をつないで何処かを目指して歩いて行ってしまう。

その一連の写真を撮ったあとに女性写真家は自殺してしまったのだが、なにかその最後の一枚に、何処にも無い懐かしい場所への矢印が大きく写し出されているようで、長く睡蓮の記憶の片隅に残っていたのだ。

けれど何処にも無いと言っても決して悲しいばかりの場所ではない、いつか睡蓮が夜の中で聞いた、人生の奥座敷から響く穏やかな冷えた声がその、ページの外側に確かに響いているようなのであった。

そう、あのとき最後のページに「矢印」を感じたのは、そこにその幸福な場所が写っていなかったからなのだろう。

睡蓮は今、あの矢印の示していた場所、あの写真に写っていなかったその場所の真ん中に、今、自分自身がいるような気がしていた。

あるいは、その場所が今、自分の中にあるのだった。

ここにはトデチがおり、あの汚れた手から差し出された完璧な花があり、その手に引き裂かれた猫の死があり、ヤマダの無惨な死がある。

春の様に朗らかな解体屋がおり、春の海がある。

辺りをてんでに歩き回りながら白い光に覆い隠されてしまう公園の住人たちの姿があり、なにより野に放たれた命がある。

睡蓮は彼らによって一羽の強い小鳥が自分の胸底に宿ったことの幸せを思った。

何か、もっと別の、もしかしたら建設的と呼ぶ事も出来るかもしれない未来のために、この幸せからあえて自分を引き離す事に何の意味があるだろうか。

現に今、この胸底に、素晴らしいものがあるのに。


やがて頭からずぶ濡れになって波と戯れているトデチの傍へ睡蓮が駆け寄った。

睡蓮が叫んだ。

「青い海ってよく言うけど、ユーさんの目の色の方がずっと青いわね」

強い海風が声をさらう。

トデチがやや戸惑い、真顔で頷いた。

「トデチ、ヤマダさんの目を突いたのは誰ですか？」

睡蓮の真っ直ぐな問いかけにトデチの表情が一瞬曖昧になった。

「言ってごらんなさい、僕が目を傘の先で突きましたって。そうしたらとってもいいことを教えてあげるから」

「な、な、なにを教えてくれるの？」

トデチが満面の笑みで、わざとどもりながら言った。

「だから、とってもいいこと」

「じゃあ言う。ぼ、ぼぼぼ、僕がヤマダの目を突いた！」

「何故？」

「ユーさんの目がききき、綺麗だったから！　ボク、ユーさんとヤマダさんを間違えちゃったんだ！」

トデチが軽く飛び跳ねながら言った。

奇妙に力のこもった、けれど従順な声であった。

「ＯＫ、じゃ、明日、警察に行かなくちゃ」

「えっ、睡蓮何故？　何故？　いいことを教えてくれるんでしょう？」

トデチが言った。

「馬鹿ねぇ、人殺しは警察に行くのよ」

睡蓮がトデチの頬を平手で叩いた。

するとトデチが睡蓮の頬を叩き返した。

「睡蓮、馬鹿な事を言っちゃ駄目だよ。行かないよ！」

「君ね、そういう時は、どうしたらいいか知ってる？」

「どど、どうするの？」

そう言ったトデチの目は思いがけず弱々しく縋るような目であった。

「よく聞きなさい。警察に行けって言う奴の心臓を停めてしまうの！」

睡蓮の手がトデチの腕を強く掴んだ。

睡蓮から離れようとしたトデチがよろめいて砂の上に転んだ。

海の水に濡れていたトデチの身体は砂まみれになり、しばらく仰向けに睡蓮を見上げていたが、やがて突然、爆発的な馬鹿笑いを始め、大口を開けたその口の中に一本も虫歯になっていない歯が美しく整列しているのを、睡蓮は見た。

やがて解体屋の「帰りましょう」という声が遠く微かに響いた。マイクロバスは朝来た道を引き返した。帰りは夜の道であった。

渋滞が始まり、皆、座席に沈みこみ、各々賑やかに眠った。深夜に一行は公園にたどりつき、そして皆、それぞれの寝床に戻った。

## 心臓の詩

オーケー、オーケー、すすすすすごく綺麗。

オーケー。

おおおお、オーケー。

トデチ

山手線が人身事故で暫く止まり、公園の近くのホテル街で気の遠くなるほどの数の男女が抱き合っているその夜の底で、一本のアーミーナイフが、ひとりの女の手からひとりの青年に手渡された。

やがて明け方、まだ夜が明けきらない時刻に、女の胸から一羽の暖かな小鳥が飛び立った。

青年はその朝、女に渡された黒い袋を胸に大切に胸に抱え、郊外へ向かう始発電車に乗った。

女に指定された駅で降りると教えられた通りにゆるい坂を下り、スワンボートの浮かぶ公園の池をみつけ、そのかたわらを過ぎ、さらに奥の小さな池をめざした。

平日の早朝である。

池の周囲には誰もおらず、水面には一面、純白の睡蓮が咲き乱れていた。

青年はそこへ、抱きしめていた黒い袋をそっと沈めた。

袋はしばらく浮いていたが、やがて、あぶくを吐いて沈んだ。


そののち青年は再び渋谷へ戻り、女に買い与えられた青いテントの奥に　じっと閉じこもって動かなかった。

彼は血にまみれたアーミーナイフを大切そうに胸に抱き、なかなか手放そうとしなかった。

連れられて行った四角い部屋の片隅、大柄な女性に穏やかに問われ、トデチは頷いた。

「もう一度聞きます。彼女があなたにそうしてと言ったのね？」

「はい、そうです。僕はなにも悪くないです」

「彼女はあなたに何かをお願いする時、ご褒美をくれましたか？」

「サクマのドロップとかテントとかコンビニのお弁当とか一日旅行とか凄いナイフとかをくれました」

「あなたは嬉しかった？」

「いろんなものをもらうのは少し嬉しくて少し迷惑でした」

「あなたはいろいろなことを彼女にしてもらいたくて彼女の言う事を聞いてあげたのね？」

「それは男のすることじゃありません」

「彼女があなたの気持ちを支配したり操作しようとしていると感じたことはない？」

「操作って何ですか?」

「あなたから彼女に何かをしてあげたことがありますか?」

「いいえ、なにもありません」

「なにも?」

「あ。花をあげました」

「彼女はそれを受け取りましたか?」

「はい。痛かったみたいでした」

「刺があったのね」

「わかりません」

「彼女とは最後にどんなお話しをしたの?」

「あなたはこれまで通りに生きられると言いました。誰もあなたを罪人には出来ないと」

「そう、あなたもそう思うの?」

「睡蓮の言う事はいつも正しいです」

「彼女の心臓が無くなっていたんだけれど?」

「睡蓮の心臓は僕が池に沈めました」

「それはなぜ？」

「睡蓮がそうしてと言ったからです」

「本当の事を教えてくれますか」

「僕は本当の事を言っています」

「それは何処の池ですか？」

「場所の事はあなた方には決して言いません」

「何故教えてくれないの？」

「睡蓮との約束だからです」

「心臓はどうやって運びましたか？」

「コンビニの袋に入れて、それを睡蓮の買い物袋に入れて運びました」

「どんな気分だった？」

「袋に入れてみると睡蓮の心臓は思っていたより重かったです。気分はわかりません」

「心臓を切りとるのは難しかったでしょう」

「すごく難しかった」

「動物を殺した事はありますか」

「いいえありません」

「彼女の心臓がどこにあるかすぐにわかりましたか」

「はい、勉強したから知っていました」

「怖かった？」

「すごく怖かったです」

「それでも彼女の言う事を聞いたのね」

「はいそうです」

「彼女はいったいあなたに何をしたのかしら？」

「睡蓮は、僕の詩がいちばん奥まで届くようにしてくれました。やさしい人でした」

# 睡蓮の詩

トデチへ。わたしは今、泥です。

わたしは睡蓮の根にからみつかれ
泥の底で分解されています
そこには昔なつかしい誰かの骨もあるようです
ようやくわたしは彼と溶け合うでしょう

泥の闇の奥深く
暗くかたちのないものたちとゆっくりと結びついてかたちを成し
長い長いあいだ睡りやがて太い茎になり葉になり
あなたが手の動きだけで見せてくれたあの幻の花のように
いつか水面に咲く日も来るのかもしれない

そしてそのときどきの景色に軽く挨拶をし
やがてまた泥に溶け
地の底へ沈み
そのようにして繰り返し時を超え
いつか誰も見たことのない真新しい睡蓮が
池のおもてに出現する事でしょう

それはきっとあなたがつくった真新しい心臓の詩のように
新奇な花

明け方のわたしたちが何をしたのか
そんな質問にあなたが答えたとしても
あなたの見たもののほんとうの在り処には
たどりつかない

どんな光も届かない

深く暗く残酷な場所からわたしが世界へ帰還し
あふれんばかりの光の時をむかえたとき

また花を咲かせて合図をしてね
わたしたちはまたきっと逢いましょう

綺麗な花をありがとう

睡蓮

「完璧な花」注

入沢康夫詩集『倖せ それとも不倖せ』所収「トデ・チ失踪」

# あとがき

「ルピナス」（講談社）を書いたあと、もう小説は書かないだろうと思っていた。思いながら「睡蓮」にとりかかったのは、写真短歌集「ヘヴンリー・ブルー」（写真・入交佐妃）で書ききれなかったものを書いたのだったような気がする。気がするというのも変だが、なにしろこの「睡蓮」は十年ほど前に講談社からの出版が決まっていたのを事情で取りやめ（このあたりのいきさつは長くなるので割愛する）眠らせてあった作品で、その後「自殺十二章」など、短編集を出したりしたが、睡蓮という女主人公の存在が頭の片隅にひどく重くひっかかったままどうも前に進めずにいた。

東日本大震災後、三十年住んだ関東から故郷下関へUターンしたのを機にいろいろなものを捨てた。捨てた後にわずかに残ったもの、そのなかに「睡蓮」の原稿があった。睡りからさめた睡蓮がなにやら自己主張し始める。そしてとうとう北九州にて立ち上げたＲＡＮＧＡＩ文庫、紙の書籍第一号として発行することとなった。

この作品を書いた頃、興味深く読んでいたものに華厳経関連の本がある。母方の親戚一同クリスチャンという家庭で育った私に華厳は新鮮だったのだ。しかし私はそれもしばらく忘れていた。というより「睡蓮」という小説を書いたあと華厳は身になじみ、あえて再認識することがなくなっていたような気がする。そして、この文庫版より先に形にした電子書籍版「睡蓮」に触れた仏教関連雑誌の編集者から原稿の依頼が来た折、非常に不思議に思い、ようやく改めて華厳を思い出した。「睡蓮」という作品の向こう側にニュアンスとして華厳が作品に沁み渡っているらしいと、改めて感じたことだった。

「睡蓮」発行にあたり、装丁の長島さん、ブックデザインの佐藤りえさんに大変お世話になった。そして「睡蓮」を最初に読み貴重な時間を割いてくださった義江邦夫さん、彼と私をつないでくれた枡野浩一さん、そしてＲＡＮＧＡＩ文庫の影の立役者である夫の今田久士と、いつも私を和ませてくれる我が家の文鳥たちに感謝をこめて。

（２０１８年６月21日記）

睡蓮 SUIREN

二〇一八年七月二十四日　初版発行

著　者　早坂 類
©Rui Hayasaka 2018
発行者　今田久士
発行所　RANGAI文庫
〒802-0064 福岡県北九州市小倉北区片野4-4-17-601
印刷所　きょうゆう出版

装　丁　長島祐輔
ブックデザイン　佐藤りえ



Printed in Japan
ISBN 978-4-909743-00-8 C0193